KB141618

아프리카 촛대나무 혹은 나뭇나무로, 긴 가뭄에 잘 견디는 큰 다육식물

사람이 다 타면 출발하는 미니버스들 위로 석양이 드리운다.

아기를 업고 먹을 것을 이고 집으로 돌아가는 엄마들

아프리카의 빅토리아호수는 나일강의 근원지로, 놀이터이자 생업의 터

땔감을 모아 머리에 이고 가는 엄마들

아프리카 농사는 여성들의 몫

아프리카 빅토리아호수. 나일강은 여기서 시작된다.

초승달섬은 영화 '아웃 오브 아프리카' 촬영지이자 초식동물들의 천국

잠시, 쉬었다 가도 괜찮아

잠시, 쉬었다 가도
괜찮아

134센티미터 국제사회복지사 김해영이
삶의 좌표를 잃은 이들에게 보내는 뜨거운 응원

김해영 지음

마음에 보석이 가득한 사람이 지어내는 글은 그 자체가 너무나 아름다운 선물이 된다. 석탄을 어마어마한 압력으로 누르면 다이아몬드가 되듯, 자신이 처한 극한의 삶의 무게를 오히려 보석으로 만든 김해영 선생님의 글은 독자들에게 따뜻한 빛과 희망이 되어줄 것이다. 삶이 돌멩이처럼 팍팍할 때 한국과 미국, 아프리카를 오가며 인생의 진정한 의미를 찾아간 그녀의 여정을 조용히 따라가 보길 바란다.

추천사

—

김창옥((주)김창옥아카데미 대표)

늘 그렇듯이 불행은 예기치 않게 찾아옵니다. 삶이란 그런 거겠죠. 한순간 어른의 잘못으로 평생을 척추장애인으로 살아가야 하는 삶도 있습니다. 바로 김해영 선생님의 이야기입니다. 그분을 처음 만났을 때, 얼마나 치열하게, 열정적으로 삶을 살며 지금의 이 자리까지 왔을까, 지난 세월 얼마나 많은 눈물을 머금고 고통을 견디며 지금의 시간을 맞이하게 되었을까, 하는 생각이 들었습니다. 하지만 누구보다 행복한 그녀의 모습에, 누구보다 긍정적이고 적극적인 그녀의 모습에, 오히려 나의 삶을 돌아보는 계기가 되었습니다.

이 책이 술 취한 배에 올라탄 듯, 어디로 가야 할지 몰라 정처 없이 떠도는 모든 이들의 희망이 되길 바랍니다.

국제사회복지사로, 작가로, 강연자로, 재단의 본부장으로, 학생으로, 케냐 아이들의 친구로, 장애인의 이웃으로, 또 딸로서 살아온 김해영 작가의 할 말 많은 이야기가 무겁지 않게 담겨있어 술술 읽어 내려갔던 책이다. 수많은 어려움 앞에서도 강단 있게 삶을 사랑하며 살아온 저자의 삶을 엿보며 독자의 삶에서도 빛나고 있을 어둠 속의 별을 꼭 찾게 되길 바란다.

멋진 타이틀에 앞서 김해영 작가를 생각할 때마다 케냐에 갔을 때 귀하게 담근 김장김치를 종류대로 꺼내 식사 대접을 해주던 모습을 떠올린다. 지금도 언제든 오라고 반겨주시는 김해영 작가가 난 늘 따뜻하다. 그 따뜻함과 힘이 전해지는 또 한 권의 책이다.

아프고 싶지 않아서 아프리카로 갔던 그녀에게 난 비장애인/다수의 일원으로서 누리는 혜택과 특권을 어떻게 썼나 되돌아보게 하는, 그래도 넌 그대로, 그렇게 아름답고 빛난다고 말해주는, 네가 살아 있는 그것보다 더 소중한 것은 없음을 상기시켜주는 이 책이 참 고맙다.

'지금까지 힘들었지, 수고했어', '잘했어, 자, 이제 또 다른 나를 찾아보자'라며 새로운 도전을 시작할 독자들에게 그리고 그녀에게 찬사와 응원을 보낸다.

"언니, 저하고 그룹 과제 같이해요."

오, 이런 일이… 바라던 바다. 컬럼비아대학교 사회복지대학원의 마지막 학기에 커뮤니티 개발 수업을 함께 듣고 있던 지선 씨가 내게 그룹 과제를 같이하자고 제안했다. 한 학기 동안 서로의 옆자리에 앉아서 그 수업을 들었다. 그녀는 나보다 일 년 먼저 입학했지만 우린 같은 졸업반이었다. 어느 날, 그룹 과제를 하기 위해 그녀를 만났을 때, 나는 이렇게 말했다.

"우리 둘은 여성 장애인으로서 앞으로 한국이나 혹은 아프리카 등지에서 매우 중요한 역할을 하게 될 거야. 이렇게 둘이 컬럼비아 대학교에서 나란히 앉아 있는 것도 매우 의미가 있는 것 같아. 우린 좋은 교육을 받는 기회를 누린 셈이니까. 앞으로 누구보다 인생을 잘 살아야 할 것 같아."

그러고는 대학교 4학년 때 교통사고로 전신화상을 입고 구사일생으로 살아났지만, 화상장애인이 된 그녀가 늘 하던 말을 덧붙여

말해주었다.

"지선 씨, 나는 죽었다 깨어나도, 죽었다 깨어난 지선 씨를 이길 수 없어."

농담 반 진담 반 섞어 한 이 말은 공부를 잘하는 그녀를 이길 수 없다는 말이기도 했다. 이후 지선 씨는 미국 서부에서 박사학위를 받고, 국내 한동대학교 사회복지학과 교수가 되었다.

얼마 전에 그녀로부터 《꽤 괜찮은 해피엔딩》이란 책을 출간했다는 소식을 들었다. 나는 그녀에게 진심 어린 축하의 메시지를 전했다. 지선 씨와 나는 각자 사회복지학을 전공한 전문가로 자리매김하고 있다. 더 나아가 글을 쓰는 사람으로서, 그녀는 비장애인과 장애인에게 인생과 장애의 의미를 들려주고 있다. 나 또한 장애인과 비장애인에게 인생과 아프리카의 이야기를 전해주고 있다.

지선 씨가 책을 출간한 일은 당연히 나에게도 도전이 되었다. 그러던 차에 나의 첫 책, 《청춘아, 가슴 뛰는 일을 찾아라》가 출간된 지 어느덧 십 년의 시간이 지났으니, 그동안의 많은 변화와 성장 이야기를 담아 새롭게 책을 내보면 어떻겠냐는 제안을 받았다. 제안해온 사람은 첫 책을 출간했던 출판사에서 당시 내 책의 홍보를 담당했던 편집자였다.

맞다. 벌써 십 년이 지났다. 그때 이십 대 청춘들에게 어떠한 환경에 처해 있든지 배우고 익혀서 앞으로 나아가고 그 배움을 다른 사람들을 위해 나누라고 말했었다. 당시 나는 사십 대 후반이었다. 내 경륜으로 미루어 보아 그렇게 말할 수 있었다. 첫 책이 나온 후, 어느새 세월이 내 작은 등 뒤로 훌쩍 지나갔다.

2010년 5월 미국에서 석사학위를 받고, 그해 가을에 한국으로 돌아왔다. 이후 약 이 년간 백수로 지내면서 책을 썼고, 내 이야기가 미디어를 통해 알려지기 시작했다.

첫 책 출판기념식에 온 밀알복지재단의 정형석 상임대표님을 만난 것은 그때였다. 대표님은 직원들에게 내 책을 나누어주신다며 잔뜩 사 갔다. 대표님은 그날 밤 내 책을 다 읽었다며, 당장 만나자고 했다. 대표님은 아프리카에서 사회복지 사업을 해야 하는데, 내가 적임자라며 함께하자고 제안했다. 내가 하고 싶어 하는 일을 청하니 망설일 것도 없었다.

나는 재단에의 입사 조건을 이메일로 보냈다.

"대표님, 제 월급은 형식적으로 매월 일 달러로 책정해주시면 감사하겠습니다."

나는 1990년 보츠와나에서 봉사자로 일하기 시작한 이후로 그때까지 무슨 일이든 무보수로 일하고 있었다. 나는 재단 일도 월급을 받지 않고 일해야 한다고 생각해서 그렇게 이메일을 보낸 것이다. 그런데 답장이 오지 않았다. '내 인건비가 너무 적었나 보다'라고 생각하고 있는데, 4월 말에 대표님한테서 전화가 왔다.

"아니, 사무실에 오셔야지요. 지금 사무실 준비 다 해놓고 출근하기만 기다리고 있는데, 어디 계십니까?"

그가 호탕하게 웃으면서 말했다. 당시 나는 잠시 미국을 다녀온 후였다. 재단은 내가 올 준비를 다 끝내 놓고 기다리고 있었다. 대표님을 만나 "제 이메일 받으셨어요?" 하고 물어보니, 받은 이메일이 없다는 것이었다. 그래서 나는 내 뜻을 다시 한번 전했다. 하지만 대표님은 재단 운영에 어긋나는 것이니 안 된다고 했다. 재단의 재정 안에서 월급을 정할 텐데, 많지 않으니 양해해달라면서. 이렇게 마음이 맞는다면 무엇이든 함께할 수 있다.

이후, 재단에서 월급을 받았지만 내게는 사회복지 사업비였다. 오랫동안 월급을 받지 않고 일했는데, 월급을 받는다고 해서 일을 더하거나 덜하거나 할 수는 없지 않겠는가! 오히려 더 다양한 방식으로 선한 일을 할 수 있는 재정이라고 생각했다.

2012년 8월, 밀알복지재단 희망사업 본부의 본부장으로 부임했다. 10월에 케냐에 갔었고, 만 육 년간 재단 설립과 프로그램 개발을 하는 등 진실로 보람있게 일할 수 있었다. 보츠와나 십사 년과 미국 유학 칠 년간 쌓은 경험과 지식이 고스란히 투입된 시기였다.

일을 맡긴 재단도, 일하는 나도 장애인을 위한 국제 사회복지 사업에 성과가 있어서 좋았다. 무엇보다도 케냐의 장애아동과 가정을 위해 일할 수 있어서 공부한 보람이 있었다. 2018년 9월 말, 잠시 숨을 돌리러 한국으로 돌아와서 다시 대학원에 들어갔다.

2022년 2월, 문화인류학적 관점으로 접근한 선교학을 공부하고 박사학위를 받았다. 학위를 받았다고 해서 대단한 계획이 있었던 것은 아니었다. 공부를 위해 밀알복지재단을 사직했기 때문에 앞날은 미정이었다. 다시 아프리카로 돌아갈 수 있으면 하는 바람 정도만 가지고 있었다.

학위를 받은 사람은 공부의 결과물인 논문을 들고 그동안 도와준 분들을 찾아가 직접 전함으로써 또 다른 출발을 알리게 된다. 나도 지도 교수님들께 논문을 전해드렸다. 그리고 바로 밀알복지재단으로 갔다.

"공부를 잘 마치고 학위를 받으셔서 축하합니다. 아프리카로 다시 들어간다고요?"

논문을 받은 정형석 대표님이 축하의 말을 전했다.

"네, 곧 출발하려고 합니다."

"그렇다면 희망 사업을 계속 진행해주시겠습니까? 만약 그렇게 한다면 밀알복지재단으로서도 더할 나위 없겠습니다."

고마운 마음을 전하는 것 외에 다른 말을 할 것이 없었다. 나를 알아주는 곳에서 일하는 것이야말로 행복한 일이 아니겠는가.

2022년 4월, 나는 케냐의 수도 나이로비에 왔다. 집에 돌아온 기분이고, 고향에 온 사람의 심정이었다. 다시 케냐에 오느라 한국에서 약 삼 년 반 동안 박사과정 공부를 하면서 맺었던 인연들을 뒤로하고 떠난 것은 아쉽기도 했지만, 다시 돌아오길 잘했다는 마음이 가득했다. 이번에는 오랜 친구인 토머스도 같은 시기에 케냐에 왔다. 우리는 해야 할 사명도 있고, 동지도 있으니 마음 든든하게 케냐의 일상으로 들어갔다.

나는 케냐의 대통령선거로 인해 외부 활동이 제한된 시점에 이 책을 쓰고 있다.

케냐에 돌아오니 개발해야 할 새로운 일들이 기다리고 있다. 토머스는 함께 온 자원봉사자인 알렉시스라는 청년과 지방으로 여행을 다니는 중이다. 찾아오는 손님들도 이어지고 있다. 구 년 전에 사진전을 같이 열었던 김도형 사진작가도 나이로비로 날아왔다.

"저는 지금 케냐에서 살아요. 네, 지금은 우리 집에서 남자들 세 명하고 같이 살아요. 참, 방 하나씩 차지하고요."

지금 어디에 있냐고 물어보는 지인들한테 내가 한 말이다. 이 세 사람은 책을 쓰는 기간에 우리 집에서 살아 책에도 종종 등장한다. 아프리카 케냐에서 살면 메마른 감성과 영성이 새살이 돋듯이 솟아난다. 생각할 것도 다양하고 집 밖만 나가도 사람들이 있다. '사람 사는 이야기'가 널려 있는 셈이다. 이야깃거리가 많은 곳은 글을 쓰는 사람에게는 그야말로 대박이다. 내게는 케냐에서 만나는, 보는, 듣는, 모든 것들이 반짝이는 보석이자 별들이다. 나와 같이하는 사람들, 케냐 사람들, 나를 위해 기도해주는 가깝고 멀리 있는 사람들… 모두 내게는 반짝이는 별들이다.

차 례

1장 황량한 벌판에서도 삶은 만들어진다 036

우리는 어디서 오는가? | 뜻밖의 케냐 | 케냐 나이로 열 살 | 결핍이 아름
다운 강점으로 | 공부가 하고 싶다, 격렬히 | 아프리카, 내 삶의 중심이 되다

2장 어두울수록 별은 빛나네 070

행복과 단짝인 불행 | 내 키 작아! 그래서? | 무식한 엄마가 아니야 |
구박받는 수박 한 조각 | 악화를 양화로 | 내 모습을 가진 사람들

1장

황량한 벌판에서도 삶은 만들어진다

우리는
어디서 오는가?

숲으로부터, 고원으로부터
우리는 온다, 우리는 온다.

카렌 블릭센Karen Blixen이 쓴 장편소설《아웃 오브 아
프리카Out of Africa》의 문장으로 첫 장을 연다. 카렌 블릭센은 덴마크
출신의 작가다. 케냐에서 그녀의 이름은 나이로비의 한 지역에 카
렌Karen이란 명칭으로 남아 있고, 그녀가 살던 집은 박물관이 되었
다. 주요 관광명소가 된 카렌 박물관은 울창한 숲과 커피농장으로
둘러싸여 있다.

나는 케냐와 나이로비를 방문하는 사람들에게 카렌을 소개하고
그녀의 집으로 안내하고는 했다. 그녀가 심은 큰 나무들이 만들어
내는 그늘에 앉아 잠시 졸며 쉬기도 했다. 유명하고 아름다운 곳이
라도 자주 가면 그저 편안한 쉼터가 되기도 하니까.

그렇게 자주 가 보던 카렌 박물관의 숲은 위 소설에서 그녀가 말
하는 숲일지도 모른다. 우리는 흑인과 아시아인이 아니고, 혹은 부

자와 가난한 사람이 아니라 모두 숲에서, 고원에서 왔다.

　카렌은 지금으로부터 백 년도 훨씬 전인 1913년 12월, 당시 스물여덟 살에 동아프리카에 왔고, 1931년 마흔여섯 살이 되던 해에 덴마크로 돌아갔다. 그러니까 카렌은 약 십칠 년 정도를 현재의 케냐에서 살다 갔다. 케냐에서의 삶은 생생하게 이곳의 이 자리와 사람들의 마음속에 남아서 다음 사람들에게 이야기로서 살고 있다. 고국으로 돌아간 카렌은 이후 많은 책을 쓰면서 여생을 보냈는데 그 대표작이 바로《아웃 오브 아프리카》다.

　이 책 주인공의 많은 에피소드 중 하나가 영화로 만들어졌고 나는 그녀를 영화로 먼저 만났다. 이 영화를 여러 번 봤는데, 볼 때마다 각기 다른 장면에서 감동하고 공감하며 눈물이 났다. 이십 대에는 주인공의 로맨스에 집중했고, 삼십 대에는 아프리카 사람들을 억압하고 착취하는 백인들을 미워하면서 봤고, 사십 대에는 백인 여주인을 보내기 아쉬워하는 아프리카인 집사의 마음에 울음을 머금었다.

　이 소설에는 백여 년 전의 나이로비와 당시 사람들의 생활상, 아프리카와 사람들을 대하는 방식 등이 유럽 여성 특유의 관점으로 잘 표현되어 있다. 소설을 읽으면서 그 섬세하고 깊은 관찰력에 감탄하고, 인간과 자연을 대하는 주인공의 태도에 놀라움을 금치 못했다.

나는 그녀가 살았던 아프리카에서 '나의 아프리카'를 보았다. 백 년 전의 그녀가 아프리카에서 느꼈던 사랑, 아픔, 상실, 행복, 불행, 기쁨 등에 공감하면서 말이다. 많은 부분에서 우리는 다르지만, 아 프리카의 케냐 나이로비라는 공통의 장소에서 단 한 번뿐인 인생을 보내고 있으니까 말이다.

아프리카 이야기를 시작하면서 이렇게 카렌의 삶을 먼저 소개한다. 아프리카에 와보지 않은 사람들에게 아프리카는 이미지와 영상 혹 은 사진 속의 세계다. 아직 우주를 가보지 않은 우리에게 우주가 이 미지의 세계인 것처럼 말이다. 나 또한 아프리카에서 살아보지 않 았다면 카렌의 삶에 공감할 수 없고, 아프리카와 아프리카 사람들 을 알 수 없었을 것이다. 아프리카에서 비교적 오래 살아보았고, 지 금도 살고 있어서 백여 년 전 그녀의 삶이 현재의 내 삶과 연결되어 내 인생을 관조할 수 있게 한다.

아프리카에 오면 아프리카에 가보고 싶다는 꿈이 이루어지기도 하지만, 내가 아닌 우리의 인생을 돌아보게 된다. 더 나아가 숲에서 오는 유명 또는 무명의 허다한 사람들의 무리를 보게 된다. 고원에서 내려오고, 벌판에서 모여들고, 대지에서 일어나는 우리를 보게 된다.

아프리카에서 살면서 대지에서 태어나고 떠나는 수많은 카렌과 우리, 그리고 나를 만나는 중이다.

뜻밖의
케냐

케냐 하면 역시 사파리Safari다. 사파리란 말은 원래 동아프리카권에서 사냥을 나가는 것 혹은 집에서 나와 멀리 여행을 떠나는 것을 의미한다. 이제는 아프리카 전체에서 통용되는 말이 되었지만 말이다. 현대에 와서 외부인들, 특히 아프리카로 여행하는 관광객에게 사파리란 말은 '동물을 보러 가는 것'으로 알려져 있다. 이 대륙에서 나고 자란 사람들에게는 사파리가 일상이지만, 잠시의 방문객들에게는 원래의 의미인 여행이자, 초원에 있는 동물들을 보러 가는 게임 사파리로 통한다. 사파리와 관련한 가장 멋진 글은《아프리카 방랑Dark Star Safari》의 작가 폴 서루Paul Theroux가 정의한 이것이다.

연결되지 않은 곳으로의 여행
오직 나만의 여행

아프리카로 사파리를 오는 사람들은 기존의 세상을 떠나 오직 나

만의 세상을 찾아보고 싶어 오는지도 모른다. 사파리는 원래 가고
자 하는 목적과 목적지가 있다. 그런데 예상하지 못했던 일로 인해
목적과 목적지가 급하게 바뀌기도 한다. 국가를 넘나드는 사파리에
서 목적지만 달라져도 정신이 아득해진다. 케냐에 살다 보면 '뜻밖
의 케냐'로 사파리를 오는 사람들을 종종 만난다. 뜻밖이란 말은 전
혀 예상하지 못했다는 뜻이다. 뜻하지 않게 케냐를 오게 되었지만,
사파리에 케냐에 오기로 한 뜻이 들어 있다는 것을 나중에서야 깨
닫게 되는 경우도 있다.

"내가 지금 뭐 하는 걸까? 아프리카는 왜 가는 거지?"

2016년 3월 말 뉴욕 케네디 공항에 서 있던 토머스는 스스로에게
이런 질문을 던졌다고 한다. 사십 대 중반의 재미교포이자 심리 상
담사인 토머스는 나와의 인연으로 케냐행 비행기를 타게 되었다.
토머스가 케냐에 처음 올 때는 뚜렷한 목적이나 사명감을 가졌던
건 아니었다. 처음에는 그냥 한번 케냐에 가볼까 하는 식이었고, 친
구가 케냐에 있으니 가보자 하는 마음이었던 것이다. 토머스는 뉴
욕을 출발해 런던에서 비행기를 갈아탄 후 나이로비에 도착했다.
나이로비에 도착한 토머스는 자신이 정말 '얼이 빠져 있었다'라고
표현했다.

도착 다음 날부터 그는 케냐 사람들 사이로 사파리를 떠났다. 카
사라니Kasarani와 티카Thika 지역에 있는 전문대학과 대학의 교육 및

상담 부서를 방문하고 교수들을 만나면서 그가 할 수 있는 일을 찾기 시작했다.

토머스의 '뜻밖의 케냐 사파리'는 한국 밀알복지재단 케냐 사무실의 직원들, 한국인 인턴 직원들, 교민, 엔지오 활동가들을 대상으로 시간이 허락되는 대로 상담하고 교육하는 일로 시작되었다. 그가 밀알복지재단 케냐 본부 숙소에 함께 있을 때 가장 큰 도움을 준 사람은 역시 나와 당시 십 대 중반이었던 나의 조카였다. 나와 조카는 밥을 먹을 때마다, 쉴 때마다 기회와 시간이 허락하는 대로 정기·비정기적으로 토머스의 상담과 교육을 받았다. 말 그대로 '돈 주고도 살 수 없는 소중한 기회'였다. 그는 상담사답게 만나는 사람들을 진실하게 대했고 사람들로부터 신뢰를 얻었다. 그는 약 십 개월간의 첫 번째 '뜻밖의 케냐살이'를 마치고 미국 뉴저지로 돌아갔다.

두어 달 지나고 나서 그에게서 전화가 왔다.

"해영 씨, 큰일났는데….."

"왜요? 무슨 문제가 생겼나요?" 내가 물었다.

"문제라기보다는 내 몸에 버그bug가 붙어서 안 떨어져요."

아뿔싸, 케냐에서 벌레에 물려 갔구나! 하는 생각에 이내 걱정이 되었다.

"무슨 벌레인가요? 티크? 모기?"

토머스가 웃으면서 말했다.

"아프리칸 버그African bugs요."

그런 이름의 벌레가 있나 하는 순간, 곧 그 말뜻을 알아채고 웃었다. 아프리카에서 있었던 모든 일들이 그에게 붙어서 안 떨어지고 있으니 정말 큰일이 난 것이다.

"그래서 말인데 아프리카에 다시 가도 될까요? 방법이 있을까요?" 그가 물었다.

"아, 네, 오세요. 오는 길은 언제든 열려 있으니까요."

그렇게 시작한 토머스의 아프리카 여행은 지금도 이어지고 있다. 매년 케냐를 찾아와서 청년, 교민, 자원봉사자, 엔지오 활동가 등을 대상으로 상담 교육을 하고 있다. 그것이 어느새 네 번째 케냐 사파리로 이어지고 있다.

최근에 토머스는 약 십 년간 멘토링 관계에 있던 삼십 대 초반의 알렉시스와 함께 케냐에 왔다. 알렉시스는 뉴저지에서 콜롬비아계 어머니와 쿠바계 아버지 사이에서 태어났다. 그는 케냐에 와서 생전 처음으로 다양하고 많은 경이로운 세상을 경험했다. 처음으로 여권을 만들었고, 비행기를 탔다. 미국의 빈민 지역에서 나고 자란 알렉시스에게 아프리카로의 사파리는 진짜로 '뜻밖의 케냐'다. 그를 아는 이 없는 이곳에서 그는 세상과 사람을 만나고 있다. 우리가 그랬듯이.

1990년 2월, 나도 '뜻밖의 아프리카 사파리'를 떠났고, 아프리카가 내 인생의 경칩이 되었다. 이후 어디서 무엇을 해도, 지구 어느 곳에서 살아도, 아프리카를 중심으로 한 인생이 이어지고 있다.

나로 인해 아프리카행 비행기를 탄 사람들이 점점 많아지고 있다. 토머스가 그러했고, 두 남동생이 아프리카로 왔고, 이곳에서 조카들이 태어났다. 숱한 남녀 개인과 그룹이 인연이 되어 '뜻밖의 케냐'행을 택했다. 비록 혼자 떠난 사파리일지라도 결국 새로운 곳에서 새로운 사람들과 연결되고, 또 혼자가 아닌 여럿이 되는 과정에서 기쁨과 보람과 인생의 의미를 찾는 것이 아닐까.

케냐 나이로
열 살

"선생님, 집 아래 아파트 입구에서 어떤 아이가 선생님을 찾아요.. Where is your child?라고 저한테 물어본다 아입니까! 그 child가 선생님이면, 제가 아버지가 되는 건가요?"

도형 작가가 부산 사투리로 특유의 큰 웃음을 지으며 내게 전해 준다.

"아, 알펜이군요."

"네, 마… 그 머스마가 자꾸 선생님 보러 집에 온다 안 합니까. 들어오라고 해도 될까예?"

"네, 제가 내려가볼게요."

계단을 내려가는데 벌써 알펜이 올라오고 있었다. 도형 작가에게 잠깐만 같이 있어 달라고 하고, 알펜을 거실로 들어오라고 했다.

이 녀석 내 옆의 소파에 바싹 다가와 앉는다.

"자, 여기 앉자."

나는 자리를 안내하고는 녀석의 들뜬 마음을 가라앉혀 본다. 눈과 표정을 보니 진짜 친구를 만나러 온 아이다. 아이고… 참말로.

곁에 있던 비타민 젤리 통을 보더니 알펜이 뭐냐고 묻는다.

"먹어볼래?"

내가 묻자 고개를 끄덕인다. 노란색 젤리 세 개를 주니 한 개 먹어보고, 두 개를 다시 내 손에 돌려준다. 처음 먹어보는 맛이어서인지 시어서인지 더는 먹지 않았다. 이 녀석은 이 집에 누가 사는지, 내 부모님은 누구인지 등을 계속 물어보았다. 도형 작가를 내 친구라고 소개해도 믿지 않았다.

여기 아파트로 이사 왔을 때부터 알펜은 나를 '또래의 남자아이'라고 여기고 친구 하자는 둥, 우리집에 놀러 오겠다는 둥… 여러 번 나한테 말을 걸어왔다. 그 아이의 눈에 나는 남자아이인 데다 안경도 끼고 있고 피부도 하얗고 하니 뭔가 자기 마음에 들었던 모양이다. 처음 만났을 때, 나한테 몇 마디 하더니 허그hug해도 되냐고 물어서 그 녀석과 허그도 했다. 그 녀석과 내 키가 비슷하니 멀리서 보면 친구를 만난 것 같았을 것이다.

며칠 후에 외출하고 돌아오는데, 갑자기 저학년 초등학생 남자아이들 세 명이 우르르 몰려왔다. 같은 동도 아니고 저쪽의 E동, J동에 사는 아이들이다. 아이들의 눈에는 정말 반가운 친구를 대하는 듯한 기쁨이 가득했다. 나를 보자마자 자신들을 기억하냐며 이름부터 한 사람씩 알려준다. 이름들이 다 어렵다 보니 한꺼번에 귀에 들어오질 않았다. 나는 이 아이들의 나이가 제일 궁금했다. 나이를 물어보니 일곱 살, 여덟 살, 아홉 살이란다. 나도 내 나이를 알려주었다.

"응, 난 열 살이야."

나는 이 아이들 때문에 정말 행복하고 기분이 좋다. 생각할수록 즐거운 마음이 올라온다. 나는 어린 시절 자라온 환경이 심란해서 어린아이의 그 즐거운 마음을 느껴볼 겨를이 없었다. 열 살 무렵부터 온갖 집안일을 했고 어린 동생들을 돌봐야 했다. 게다가 늘 싸우는 부모님 틈 사이에서 맞지 않으려고 도망을 다녀야 했다.

수십 년이 지나고 나서, 아프리카에서 이 아이들의 순수한 마음과 미소와 살가움이 기억 저편에 있는 열 살의 나, 해영이를 소환했다. 아주 짧은 시간이었지만 나는 그 아이들처럼 웃고, 그 아이들의 언어로 열 살처럼 말하고 있었다.

아프리카의 어디를 가도 일곱여덟 살 미만의 아이들은 내가 자신들과 같은 나이의 아이라고 생각한다. 흠, 그런데 소녀가 아니고 소년으로 본다? 아이들은 또래 친구라고 생각하며 나에게 다가온다. 고마운 일이다. '저 사람 이상하네. 저 사람 왜 작아?'라고 물어보는 한국의 유치원 아이들과 다르다. 한국의 저학년 초등학생들은 아예 묻지도 않는다. 키가 작은 성인 어른, 아주머니쯤 된다는 것을 찰떡같이 알아차린다. 그것도 가까이 가면 안 되는 이상한 아주머니로 말이다.

"아프리카에 왜 자꾸 가는 거예요?"

사람들이 종종 내게 묻는다. 이제 답을 하나 찾은 것 같다.

"네, 거기 가면 제가 열 살이 되거든요."

내가 굳이 나서서 말하지 않아도 아프리카에서 만난 이 아이들은 내가 어린아이도 아니고 소년도 아닌, 여자 어른이란 것을 알아차릴 것이다. 그런데 이 아이들은 그것을 알아차려도 나를 보고 달려와 인사하고 말을 걸 것이다.

그래서 아프리카에 있으면 마음이 덜 아프다. 아프지 않을뿐더러 이곳 사람들은 내게 즐겁고 행복한 마음을 가져다준다. 한국에 있으면 마음 아픈 일을 계속 만나게 되고, 아픈 마음을 느끼지 않으려고 애써야 하거나 짐짓 아프지 않은 척하고 살아야 한다. 이 글을 쓰면서 내가 왜 아프리카를 좋아하는지 더 알게 된다.

나는 아프고 싶지 않은 것이다. 아프고 싶지 않아서 여기 아프리카까지 와 있는 것이다. 시간이 지나면 아프리카에 와 있는 이유를 더 찾을 수 있겠지만, 지금은 아하! 그렇구나, 나는 행복을 찾아 아프리카에 온 것이 아니라 마음이 너무 아프니까 그것을 피하려고 이곳으로 온 거구나! 하며 한 가지 깨달음을 얻는다.

우리는 대부분 행복하기 위해 인생의 중요한 결정을 내리기도 한다. 그런데 더러는 자신도 알 수 없는 결정을 내리고 거기로 향한다. 결정을 내리는 이유는 다 있지만, 그래도 잘 알 수 없는 때도 있다.

그럴 때는 행복하기 위해 결정을 내리는 것이 아니라 지금의 고통과 아픔을 피하기 위해서가 아닐까 생각해본다.

나를 위해서도 당분간 '열 살 하자!' 하며 혼자 웃는다.

결핍이
아름다운 강점으로

케냐 아이들이 나를 열 살 아이로 착각할 만큼 나는 키가 작다. 내 키는 134센티미터다. 이 작은 키가 나를 나타내는 중요한 키워드가 되고 있는데, 동전의 양면처럼 부정적으로 혹은 긍정적으로 작용한다. 나의 부정적인 요소들 중에서 특히 작은 키는 더 강력하게 작용했다.

내가 태어났을 때 어른들은 첫아이가 여자아이라고 환영하지 않았다. 내가 태어나자 친척들이 축하하려고 선물을 사왔다. 그랬더니 할아버지는 "쓸데없이 태어난 가시나"에게 뭐 하러 돈을 썼냐며 그들을 타박했다. 게다가 술에 취한 아버지는 그 갓난아기를 벽으로 밀쳐버렸다. 한순간의 아버지 행동으로 나는 평생을 척추장애를 갖고 살게 되었다. 게다가 내가 초등학교에 입학했을 무렵부터 엄마는 극심한 우울증과 정신질환을 앓았는데, 나는 엄마의 화풀이 대상이 되곤 했다.

"다 너 때문이야. 나가서 죽어버려!"

사람은 자기 인생에 일어난 불행을 두고 누군가에게 책임을 묻고 싶어 한다. 이해할 수 없는 불행과 분노, 억울함에 대한 분풀이 대상은 자기 주변에서 가장 연약한 사람이 되게 마련이다. 나는 가족 중에서 가장 연약했고, 엄마의 분풀이 대상이었다. 삶의 맥을 놓은 엄마는 일상생활을 유지하기 어려웠다. 내 아래로 네 명의 동생들이 있었는데, 나는 동생들의 수발과 집안 살림을 열 살 무렵부터 맡아서 했다.

어린 내가 살아보려고 애써도, 엄마의 폭행과 폭언은 계속되었다. 그럴 때마다 집 밖으로 정신없이 도망가야 했다. 집에서 잠을 잘 수 없어 인근 건물 옥상이나 계단이 나의 피신처이자 잠자리가 되었다. 이러한 일들이 하루 걸러 일어났다. 나는 가까스로 초등학교를 마쳤다.

"이번만 대주시면, 다음부터는 제가 해결할게요."

초등학교 졸업식 직전에 가까이 사는 친척한테 가서 중학교 첫 입학금만 대달라고 부탁했다. 어린 마음에도 절실했다. 입학만 하면 그때부터 어떻게 해볼 수 있을 것 같았다. 친척은 어렵다며 거절했다. 나는 입학 서류에 서명하기 위해 막도장을 파서 손에 들고 있었다. 막도장은 아버지가 내게 주신 마지막 물건이기도 했다.

초등학교를 졸업하고 한 달이 지난 3월 어느 날 밤이었다. 자다가 눈을 떠보니 아버지가 방 아랫목 한가운데 서 계셨다.

"아버지, 밤에 왜 서 계세요?"

그렇게 잠결에 물어보고 다시 잠들었다. 새벽에 일어나 보니 아버지는 서 계신 게 아니라 목숨을 끊은 거였다. 친척에게 달려갔을 때는 차마 아버지가 죽었다고 말하지 못했다. 아버지는 내게 장애를 갖게 했고 늘 술에 취해 있었고 나를 방치했으며, 엄마가 나에게 폭력을 가하는 것도 방관했다. 매우 소원한 관계였지만 어린 마음에도 아버지의 죽음은 충격이었다. 아버지의 장례식을 치른 후, 나를 향한 엄마의 분노와 화풀이는 점점 더 심해졌다.

"너 때문에 네 아버지가 죽었어! 다 너 때문이야!"

겨우 열네 살이었던 내 작은 키에 나의 불행과 부모님의 불행, 그리고 집안의 불행까지 모두 지워졌다. 점점 더 심해지는 엄마의 폭행과 욕설을 피해 나는 가출했다. 정확히 말하면 엄마한테 내쫓김을 당한 것이다. '내가 무엇을 잘못했을까?' 하는 생각을 할 겨를도 없었다. 어린 내 앞에는 생존의 위기가 일상이었기 때문이다. 결국 나는 가족을 떠나 다른 사람들이 있는 세계로 들어갔다.

나의 어린 시절은 돌아볼수록 부정의하고 부당했다. 하지만 나는 앞으로 살아가면서 부당함을 겪지 않기 위해 스스로 인생을 개척해 나가기 시작했다. 편물 기술을 배웠고, 전국기능대회와 국제장애인대회에서 금메달을 따면서 가난과 장애를 뛰어넘었다. 뛰어난 기술 경력을 발판으로 그사이에 해외 봉사활동을 십사 년간 했으며, 미국 유학을 통해 뉴욕의 나약대학교Nyack College(현, Alliance University)

에서 사회복지사학 학사를, 컬럼비아대학교 사회복지 대학원에서 같은 전공으로 석사학위를 받았다. 지금은 국제 개발과 사회복지 전문가로 국내와 해외를 무대로 활동하고 있다.

열네 살 가출 소녀가 국제사회복지사가 되는 데 바탕이 된 것은 지독한 결핍들이었다. 장애, 부모의 방치, 엄마의 학대, 아버지의 죽음, 초졸, 가출, 식모, 공장 노동자. 이러한 종류의 결핍은 한 아이의 심성과 영혼을 파괴할 뿐 아니라 좋은 인성을 키우는 데는 너무나 척박한 환경이다. 그런데 나는 그보다 더 척박한 아프리카에서 나를 살려낼 수 있었다.

어떤 일은 시간이 지나면서 이해하게 된다. 나 또한 어떻게 인생의 전환을 이룰 수 있었는지, 장애와 가난을 통과하면서 어떻게 진정한 나를 찾을 수 있었는지를 이해하게 되었다.

나는 아프리카의 보츠와나에서 자원봉사를 하면서 보냈던 십사 년간을 내 인생 전체에서 가장 중요한 전환의 시기로 생각한다. 십사 년이란 시간이 걸리긴 했지만 그 시기 동안의 배움과 깨달음은 컸고 사람들과 함께한 삶은 소중했다.

그곳 직업학교에서 청소년들에게 기술을 가르치면서 살았던 시기는 육체적, 정신적, 내적으로 말할 수 없는 고생을 하던 시기였다. 이러한 종류의 고생은 '사서 하는 고생' 앞에서는 명함도 못 꺼낼 일이다. 하지만 그곳에서 살면서 겪은 '말로 표현할 수 없는 어려움'을 이렇게 독자들과 나눌 수 있으니 '말로 표현할 수 있는 행복'을 얻은 셈이다.

"유 아 쏘 뷰티풀You are so beautiful!"

"유 아 쏘 큐트You are so cute!"

이런 믿을 수 없는, 놀랄 만한 말을 학생들은 입에 달고 살았다. 나를 볼 때마다 입고 있는 옷이며, 신발이며 무엇이든 다 예쁘다고 해주었다. 웃는 것도 예쁘고, 키가 작은 것도 예쁘다고 했다.

동양인보다 비교적 체구가 큰 보츠와나 학생들은 조그마한 체구의 나를 귀엽게 보아주고 도와주어야 할 대상으로 여겼다. 나는 기꺼이 그들의 관심과 도움과 사랑을 받아들였다. 세상에, 내가 이런 사랑과 관심을 받다니. 나는 '아, 이런 사람들이 사는 곳이 있구나!' 하고 감탄했다.

보츠와나 청소년들은 못생기고, 작고, 힘들게 천천히 걷는 나를 있는 그대로 보아주었다. 게다가 예쁘다고, 귀엽다고, 요즘 말로 애정하는 태도로 나에게 다가왔다. 여러 개의 기술 금메달을 따도, 뛰어난 기술자가 되어도 여전히 '척추장애인' 범주에 갇혀 있던 나에게 아이들이 해준 이 말들은 내 인생에 큰 변화를 일으켰다. 어떠한 말로 내 어린 시절과 인생의 불행을 걷어 낼 수 있겠는가. 그 불가능에 가까운 일이 한국에서 멀리 떨어진 아프리카 사람들의 말에서부터 이루어지기 시작했다고 보아도 좋다.

아프리카에 살면서 신경 쓰지 않아도 된 것은 내가 신체가 불편한 장애인이라는 사실이다. 신경이 쓰이지 않았을뿐더러 새로운 자각이 생겼으며 나를 새롭게 해석하게 되었다. 장애인이 아니라 한 여성이자 인간이라는 정체성 말이다.

사회복지사가 되어 그때의 나를 돌아보면 기특한 것이 있다. '내가 해결하겠다'라고 했던 말이다. 베르나르 베르베르는《상상력 사전》에서 언어와 어휘를 바꿈으로써 혁명을 이룰 수 있다고 했다. 생각에서 말이 나온다는 말은 진리다. 내 인생에서의 혁명은 바로 '내가 해결하겠다'라는 말이다.

내가 이러한 생각을 한 것은 저절로 그렇게 된 것이 아니다. 초등학교 시절 내내 잠잘 곳, 먹을 것, 입을 것을 거의 혼자 해결했다. 집안일에 관심이 없는 부모님을 대신해서 네 명의 동생들의 돌봄과 집안일을 도맡아 했다. 지금 시대의 기준으로 보면 아동학대, 소외, 방치, 방관의 배경이다. 그러한 환경 가운데 있었기 때문에 나는 스스로 생존을 위해 살길을 찾아 나가야 했다. 그리고 그 과정에서 자주적이고도 문제해결에 집중하는 태도가 만들어졌다. 어린 시절의 불행한 환경이 내게 준 값진 성격적 특성이 되었다.

인간에게 자신이 누구인지를 알게 되는 것은 가장 큰 복이라고도 할 수 있다. 나는 사회적으로 부득이하게 주어진 많은 불행한 조건들 속에서 한 가지 분명한 사실을 아프리카에서 깨우쳤다. 이러한 깨우침은 키 134센티미터라는 육체적 결핍에서 비롯된 그 아름다운 말들에 강력한 강점으로 작용했다.

공부가 하고 싶다,
격렬히

내 인생에서 가장 강력한 결핍은 '배움'이었다. 배울 수 있다면 왜 장애가 생겼는지, 왜 사람은 불행한지를 이해할 수 있을 것 같았다. 아무도 어린 내게 '너는 잘못 태어나지 않았어, 네 잘못이 아니야, 너는 고귀한 사람이야'라고 말해주는 사람이 없었다. 나는 초졸을 만회하기 위해 공부에 매달렸다. 공장에서 일하면서 늘 배울 수 있는 기회를 엿보았다. 공장에서 일하면서도 이 세상 사람들이 다 알고 있는 중학교 지식을 나만 알지 못한 채 살게 된다는 것이 정말 부당하다고 거듭 생각했다. 공장 밖으로 교복을 입은 또래의 친구들이 지나가는 것을 보면 부러웠다. 그 중학교 지식은 학교에서만 가르쳐주니 배우려면 학교에 가지 않을 수 없었다.

나는 낮에는 공장이나 교육원 등에서 기술을 배우고 밤에는 학원에서 중·고등학교 과정을 마치기 위한 검정고시를 준비했다. 하지만 학원 의자에 앉아 공부하는 것 자체부터가 내게는 쉬운 일이 아니었다.

'이렇게 하다가 너무 아파서 죽으면 어떡하지?'

'누가 나에게 이 일을 강제로 시키는 것인가?'

자문은 끝이 없었다.

척추장애로 인해 몸을 움직이는 매 순간마다 허리에서 불같은 통증이 동시다발로 이어졌다. 나는 척추 일부가 위쪽으로 휘어졌다가 다시 아래쪽으로 휘어진 상태로 변형되어 있다. 엉덩이는 짝짝이고, 오른쪽 다리는 왼쪽에 비해 덜 발달했다. 서 있거나 걸을 때면 왼쪽 다리로 상체를 지탱하고 오른쪽 다리로 상체를 살짝 받쳐주었다. 이렇게 좌우 비대칭 되고 상하 언밸런스한 신체 구조는 내부 장기는 물론 각종 신경과 근육에도 영향을 주어 부수적 장애와 통증을 유발한다. 이로 인해 평생 온몸에 통증을 느끼는 상태로 살아야 한다.

이러한 상태에서 주간에는 훈련원에서 기술을 배우고, 야간에는 학원에 가서 검정고시 준비를 했는데, 이것은 나 자신에게 '어디, 한번 죽어봐라!'라고 하는 것과 같았다. 실제로 그렇게 살았다. 극심한 통증이 시작되면 "오늘 살고 죽자"라고 나 자신에게 말했다.

지금 공부하고 있는 이 시간만 살고 죽자. 아프다. 그래, 그럼, 오늘, 이 하루만 살고 죽자. 참으로 비장한 하루하루가 이어졌다. '내 인생은 십 대에서 끝나버릴 거야'라고 스스로 믿을 정도로 허리 통증은 심했다. 엎드려 있거나 누워 있지 않은 한, 오른쪽 허리에서 비롯되는 통증은 몸을 움직인 만큼 되돌아와서 나를 괴롭혔다. 걸을 때도 천천히 걷고, 일어날 때도 천천히 일어나면서 나는 갑자기 오는 몸의 통증을 조절해나갔다.

하지만 책상 앞에 앉아서 공부하는 일은 형용할 수 없는 행복감을 가져다주었다. 그 얼마나 바라고 소원하던 일인가! 그런데 이 행복도 엄청난 허리 통증을 대가로 치러야 했다. 집에 돌아와서 잠을 자려고 누우면 다시 돌아눕거나 움직이지 못하고 가만히 있어야 했다. 그러다가 잠이 들었다. 신체의 신경과 근육이 이완되며 고통이 줄어드는 것을 느끼면서 말이다.

공부하는 시간 틈틈이 통증을 덜기 위해 몸을 이리저리 움직여줘야 해서 가능하면 항상 가장자리쯤에 앉았다. 자꾸 움직여서 다른 사람에게 방해가 되면 안 되니까. 집에서 공부할 때는 비스듬히 눕거나 엎드려서 공부했다. 앉아서 공부하면 피로감이 몇 배나 더했기 때문이다. 육체적인 한계를 매일 느끼면서도 일이나 공부를 포기하지 않은 이유는 단 하나였다. 살아 있다는 것 때문이었다.

나는 십 대 때부터 사람이라면 마땅히 자신에게 주어진 일을 인간답게 실천해야 한다고 믿었다. 그 일을 마땅히 하고 있다가 그 자리에서 죽게 된다면 참 다행이라고 믿었다. 천만다행으로 이보다 더 심하지 않아서 감사할 일이었다. 장애인이라고 해서 나 자신을 불행하다고 여기지 않으면서 십 대를 보냈다. 공부하는 과정에서 주변의 도움과 격려도 많이 받았다. 그렇게 해서 오 개월 만에 중학교

과정을, 칠 개월 만에 고등학교 과정 검정고시를 모두 마칠 수 있었다. 내 또래들이 육 년 동안 배워야 하는 과정을 나는 십이 개월, 즉 일 년 만에 통과한 것이다. 당시에는 매우 불평등하고 불행한 조건이었지만, 교실에 앉아서 보낸 시간 대신 사회생활을 더 많이 하게 된 것은 그런 조건에서 나온 긍정적 결과였다고 본다.

아프리카,
내 삶의
중심이 되다

이십 대 중반이 되었다. 이왕에 공부를 시작한 것, 다음 목표는 자연스럽게 정해졌다. 대학에 가자. 대입 입시 반에 등록했다. 입시 반에는 나와 비슷한 나이의 학생들이 있었다. 이제 비로소 제대로 달리기를 하고 있다는 기분이 들었다. 흠, 늦지 않았어. 나는 그렇게 대학 입학이라는 문을 두드렸다. 하지만 대학 문턱은 높았다. 서울에 있는 모 대학 의상학과에 지원했지만 보기 좋게 떨어졌다. 실패했다는 생각보다 내년을 또 기약하고 싶었다. 그래서 한 번 더 도전했다. 하지만 또 실패로 이어졌다. 노력하면 언젠가 이룰 수 있다는 신념도 대학 입학이라는 거대한 문 앞에서는 만용 같았다. 나는 시험 결과 발표를 보고 난 후 심한 몸살과 과로로 쓰러졌다. 연말이 가고 새해가 왔지만 나는 일어나지 못했다.

꼼짝도 하지 못하고 엎드린 채 누워서 열흘 정도를 지냈다. 물까지 다 토해내며 앓았다. 한약과 양약, 침까지 맞으며 나아지기를 기대했으나 허사였다. 마침내 치료로 나을 일이 아님을 알고 약 먹기를 중단했다. 이렇게 까닭도 모르고 아프면서 나는 그동안 살아온 날들을 돌아보았다. 그리고 내가 지금 어디에 서 있는지, 앞으로 어떻게 살아가야 할지 생각해보았다.

나는 이만하면 사회에서 대접받는 기술자다. 동생들도 모두 학교에 잘 다니고 있다. 남자친구는 군에서 제대했다. 원하면 결혼도 할 수 있는 절호의 기회가 눈앞에 펼쳐져 있다. 그 당시 엄마도 정신질환을 이겨내고 건강하게 살고 계셨다. 모든 일이 잘되어 가는 것 같았고 별다른 근심은 없었다. 가난도, 장애도 잘 극복했고 가족들까지 부양했다. 내 인생에서 가장 빛나는 시기를 보내고 있는 셈이었다.

바로 이때, 나는 누군가에게 뒷덜미를 잡힌 것 같았다. '억' 하는 외마디 소리도 못 지르고 쿵 하고 쓰러졌다. 왜 이런 일이 일어난 것일까? 이렇게 하다가 죽는다면 어떻게 되는 것일까? 여러 의문이 꼬리에 꼬리를 물고 솟아올랐다.

이런저런 생각에 잠겨 지내며 손에 잡히는 대로 책들을 읽다가 한 기독교 잡지를 펼쳤다. 한 장 한 장 넘기며 읽어보는데 거창고등학교 학교장의 인터뷰 기사가 눈에 띄었다.

거창고등학교의 직업 선택 십계명

- 월급이 적은 쪽을 택하라.
- 승진의 기회가 거의 없는 곳을 택하라.

- 모든 조건이 갖추어진 곳을 피하고 처음부터 시작해야 하는 황무지를 택하라.
- 앞다투어 모여드는 곳은 절대 가지 마라. 아무도 가지 않은 곳으로 가라.
- 장래성이 전혀 없다고 생각되는 곳으로 가라.
- 사회적 존경 같은 건 바라볼 수 없는 곳으로 가라.
- 한가운데가 아니라 가장자리로 가라.
- 부모나 아내나 약혼자가 결사반대하는 곳이면 틀림없다. 의심치 말고 가라.
- 왕관이 아니라 단두대가 기다리고 있는 곳으로 가라.
- 내가 원하는 곳이 아니라 나를 필요로 하는 곳을 택하라.

기사를 반복해서 읽고 나니 머리가 가벼워지고 앞날에 낀 안개가 걷히는 것 같았다. 꼭 대학교에 가야만 인생인가? 그 길만이 내가 가야 할 길인가? 대학교에 가지 않더라도 이 세상에는 얼마나 할 일이 많은가. 이런 생각들이 직업 선택의 십계를 읽는 동안 떠올랐다.

그동안 머릿속을 괴롭히던 질문들에 대한 정답이 직업 선택의 십계명에 있었다. 나를 필요로 하는 곳으로 가라니…. 이 얼마나 명쾌한 답인가. 왜 이것을 모르고 있었지? 돈을 벌고 성공하고 대학에 가려고 아등바등하는 것은 내가 할 일이 아닌 것이다. 내가 하고 싶은 일과 나를 필요로 하는 일, 이 두 가지는 상반된 두 갈래의 길이다. 바로 이때 머릿속에서 광고 문구 두 줄이 연달아 떠올랐다.

아프리카 보츠와나의 직업학교에서 양재 및 편물 교사 단기 자원봉사자 모집. 1월 10일까지 연락 바람.

대학 입학시험을 치르기 두 달 전에 보았던 선교단체 회보 귀퉁이의 광고 문구가 머릿속을 스쳤다. 갑자기 몇 달 전에 본 광고가 떠오른 것은 거창고등학교 학교장의 인터뷰 기사 때문이었다.

'그래, 이렇게 살다가 죽는다면 너무 허무하지 않은가! 좀 더 보람 있는 삶이 있을 거야!'

그렇게 깨달은 후 온 방을 뒤져 몇 개월 전에 보았던 광고 쪽지를 발견했다. 다행히 전화번호만 적힌 찢어진 종잇조각을 찾아냈다.

"여보세요? 아프리카 보츠와나에 갈 편물 단기 교사를 구하십니까?"

"아. 양재과 선생님은 곧 떠나시는데 편물 교사는 자원하는 사람이 없네요."

"그렇습니까. 그렇다면 제가 자원해도 될까요?"

"그래요. 사무실로 한번 와주시겠습니까?"

"네, 오늘 오후에 가서 뵙지요."

한시도 지체할 수 없었다. 내가 전심을 바쳐 살 수 있는 곳일지도 모르겠다. 그 누군가 가야 한다면 내가 가보리라.

"당신은 꼭 이 일을 위해 준비된 사람 같군요. 따로 훈련받을 필요도 없네요. 학교가 2월 20일에 개학하니 지금 준비해서 가시면 됩니다. 문제 있습니까?"

인터뷰한 선교부 간사의 마무리 말이었다. 출국 준비는 따로 할 것이 별로 없었다. 무엇인가 발목을 잡는 것, 마음을 잡는 일이 없었다. 즉, 가진 것이 없으니 홀연히 떠나도 좋을 것 같았다.

떠나기 전에 십여 년간 편물 기술을 익히는 동안 힘껏 뒷바라지해주신 은사님을 시내의 한 호텔에서 만났다.

"어머, 얘 너 미쳤구나?"

선생님의 첫마디였다.

"이제 쓸 만하게 키워놨는데 어디를 간다는 거냐? 아프리카라고? 가서 죽기라도 하면 어쩌려고!"

"선생님, 그동안 저를 이렇게 잘 키워주셔서 감사합니다. 이제 저는 아프리카에 가서 그 나라 사람들에게 기술을 가르치면서 살겠습니다."

'미쳤다는 이야기를 듣는다면 틀림없다' 하고 직업 선택의 십계명에 하나 더 보탰다. 바로 이것이다. 내가 원하고 하고 싶은 것은 나와 같은 기술을 가진 사람을 필요로 하는 곳에서 일하는 것이다.

그곳에는 나처럼 비참한 어린 시절을 보내고 있는 아이가 있을 것이다. 약간의 기회와 교육과 격려와 삶의 용기만 있으면 나보다 더 훌륭하게 성장할 청소년들이 있을 것이다. 그리고 나는 분명히 다른 사람보다 한 가지를 더 알려줄 수 있을 것이다. 무엇보다 내겐 열정과 의지가 있지 않은가.

이러한 생각이 나를 더욱 고무시켰다. 나를 필요로 하는 곳이 있다는 사실에 감격했다.

하지만 무엇보다도 현실적인 계산은 이러했다. 그동안 하나님으로부터 받은 은혜가 크다. 아프리카에 가서 얼마간 무보수로 일하면 그 빚이 갚아지지 않을까 하는 것이었다. 잘만 하면 영어도 배울 수 있지 않을까 하는 생각도 살짝 뒤따랐다.

그해 2월, 눈이 쌓이고 쌓여 온통 새하얀 서울을 뒤로하고 아프리카 보츠와나로 향하는 비행기에 올랐다. 이 모든 것은 단 두 줄의 광고 문구와 열 개의 금쪽같은 금언을 읽은 뒤 이루어졌다.

이것으로 내 인생이 바뀌었다.

어떤 일은 시간이 지나면서 또렷해진다. 나 또한 어떻게 보츠와나에서 살 수 있었는지, 왜 자원봉사자로서 헌신하며 살게 되었는지 등을 시간이 흐르면서 깨우쳤다. 비록 많지 않은 사람들을 가르치고 별로 각광받는 기술은 아니었지만, 편물 기술을 가르치면서 나도 나의 삶을 만들어갔다. 이 일은 보람으로 연결되어 행복감을 더해주었다. 황량한 벌판이라도 인간이 자리하면 그곳에서 삶이 만들어진다는 것을 배웠다.

잠시 일하다가 돌아오겠거니 하고 떠난 아프리카에서 나는 발목이 잡혔다. 누가 내 발목을 잡았을까. 처음에는 학생들이, 그다음에는 대자연이, 그리고 나를 기특하게 여긴 하나님이 내 마음을 그 땅에 잡아두었다. 이렇게 나와 아프리카의 운명과도 같은 인연이 시작되었다.

2장

어두울수록 별은 빛나네

행복과 단짝인
불행

불행은 단어 그 자체로 불행한 느낌을 준다. 불행이란 말의 어감 자체가 안 좋게 다가온다. 혀를 굴려 '행복'을 발음해보니 두 낱말이 입안에 모아진다. 하지만 불행을 발음해보면, 날숨으로 '불'을 내뱉고 나서 '행'을 하게 되니, 행복보다는 힘이 더 들어가는 것 같다. 언어학자가 아니더라도 이 두 단어를 발음할 때, 불행이 조금이라도 더 힘이 들어가는 것을 알 수 있다. 어쩌면 기분일지도 모른다. 행복이란 말을 하면 어쩐지 행복이 올 것 같고, 불행을 말하면 그게 따라올 것 같은 기분 말이다.

케냐는 동아프리카권에 광범위하게 퍼져 있는 스와힐리어Swahili language를 국어로 사용한다. 스와힐리어로 '행복happy'을 찾아보니, 라디radhi, 헤리heri, 프라하furaha 등이 있다. 이 말만 알면 아쉬워 '불행unhappy'이란 단어도 찾아보자, 달릴리dhalili, 쿠토쿠와 kutokuwa, 빌라쿠코마bilakukoma 등이 있다. 영어를 스와힐리어로 찾아주는 인터넷 사전에는 불행과 관련한 단어가 행복보다 두 배 더 많다. 아마도 대부분은 처음 접해보는 단어들일 수도 있다.

처음 접하지만 감이 오지 않는가! 행복을 의미하는 단어들이 불행을 의미하는 단어들보다 더 부드럽게 발음되고 듣기도 좋다는 것이. 행복은 그 자체로 좋아서 몇 단어만 있어도 충분히 그 기분과 느낌을 표현할 수 있지만, 불행은 몇 개의 단어로는 다 표현할 수가 없어서인지 단어들이 행복보다 더 많다는 것을 스와힐리어도 보여주고 있다.

2015년쯤이다. 그때는 말 그대로 내 인생이 이른바 성공을 이루고, 유명해져서 사람들이 손뼉을 쳐주고 알아주던 때였다. 산 정상에 올라선 기분이고 다 이루었다는 마음에 행복감을 느끼던 시기였다. 어린 시절과 청소년 시절의 수많은 불행을 이겨내고, 아프리카와 미국을 거쳐 한국에서 '성공한 인물'로 인정받았기 때문이다. 케냐에서 국제사회복지사로 멋지게 활동하던 때이기도 했다. 각종 미디어는 '희망의 아이콘', '청년들의 멘토'라는 수식어로 나를 소개했다. 사실, 내 처지에서는 그보다 더 큰 성공을 바랄 수 없을 정도였다. 투에니원2NE1의 곡, '내가 제일 잘나가!'가 바로 내 노래였다. 물론 그 부분만.

그런데 행복감이 가득하다고 여겨지던 그 어느 날부터 더 이상 행복감이 채워지지 않기 시작했다.

놀랍게도 불행한 기분과 느낌이 조금씩 들었다. 가장 명백한 것은 대중을 만나 강의하는 일에 두려움이 생긴 것이다. 그러면서 누리던 행복을 잃을지도 모른다는 걱정이 생겨났다. 당시, 나는 다양한 경로로 강의 요청을 받고 있었다. 2012년부터 본격적으로 시작한 대중강연에서 겨우 삼 년도 채 되지 않았는데, 내 이야기가 도돌이표를 찍고 있다는 것을 알았다. 강사 세계에서 흔히 하는 말 그대로 콘텐츠가 바닥난 것이다. 이것을 스스로 인지하자 강의를 하고 사람들을 만나는 일이 두려워졌다.

당시 내 강의는 '장애와 가난으로 고생하고 어려움을 겪었지만, 그것을 딛고 기술을 배워 금메달을 따고 아프리카에서 기술교육을 하고 미국의 명문 대학에서 학위를 받았다'는 것이 주 내용이었다.

불행을 극복하고 행복과 성공을 쟁취한, 이른바 성공담과 자기계발의 전형적인 내용이었다. 청중은 처음에는 오, 그래! 하고 들을 수 있지만, 그다음은? 그래서? 성공 안 했으면 불행하겠네, 하는 의문이 들 것이다. 더욱이 여전히 불행한 처지에 놓여 있거나 불행하다고 느끼는 대다수 사람에게는 진부한 스토리일 수도 있다.

그나마 종교적 목적을 가지고 모이거나 나와 호의적인 관계에 있는 사람들에게는 내 이야기가 먹힐 수도 있지만, 그 이외는 있는 그대로 날카로운 평가를 내린다. 나는 그것을 느끼고 있었고, 그래서 행복감보다는 내 강의에 대한 두려움 뒤에 따라올 불행한 결과들, 즉 실패로 인한 불행감을 벌써 느끼고 있었다. 강의 요청이 들어오지 않는 것을 오히려 다행으로 여길 정도였다.

세상사는 많은 부분 인간의 마음에서 시작된다고 해도 과언이 아니다. 내 마음에 전에 없던 사람을 만나는 일에 두려움이 생긴 것이다. 직업이 사회복지사인 만큼 나는 나 자신의 복지에 관심을 가지기 시작했다. 그것도 내 마음, 즉 육체와 정신의 활동을 일으키는 심리적 복지가 어떠한지 돌아보고 점검하려 했다. 마음속의 이 두려움은 뭐지? 불안을 동반한 이 불행감의 정체는 뭐지? 하는 식으로 내 마음을 이해하기 위해 공부해야 했다.

그렇다. 잘 모르면 공부하는 거다. 그렇다고 해서 그 때문에 사회복지 관련 서적이나 심리학 서적을 파고든 것은 아니다. 나는 공부하는 일에 매우 특이한 전력을 갖고 있는데, 십 대 시절에 초등학교 졸업 학력으로 동양철학 관련 책들을 '그 내용이 무언지 제대로 알지도 못한 채' 마구 읽었다. 세상을 살면서 보니, 이게 명약이 되고 있었다. 말 그대로 사고할 수 있는 기초 체력을 갖춘 셈이었다.

수년 전 대학 졸업을 앞둔 한 청년에게 "노자가 누군지 알아?" 하고 물었다.

"네, 알아요. 그… 음… 스피노자 말이죠."

청년은 해맑게 웃으며 이렇게 답했다. 요즘 세상은 노자, 공자를 몰라도 잘 살 수 있다. 하지만 나는 드물게 공자, 맹자, 노자를 통해서도 세상살이를 깨우쳐 가고 있다. 나의 심리적 복지 상태를 살피기 위해 케냐로 들어올 때 오강남 교수가 쓴 《도덕경》과 《장자》 두 권을 들고 왔다. 《도덕경》 한문 원문은 짧고 양이 많지 않다. 하지만 그에 대한 주석과 해설, 해설서는 엄청나게 많다. 독자들은 '이게 뭐지…? 아프리카 이야기를 하다가 웬 노자?' 하고 의문이 들지도 모르겠다. 그리 길게 적지 않을 테니 읽어봐주길 바란다.

나는 그때부터 《도덕경》과 《장자》의 다양한 해설서를 읽으며 독학하고 있다. 오강남 교수의 책은 영어 번역본도 싣고 있다. 한문이 생소한 우리를 위해, 영어를 공부하는 우리를 위해, 《도덕경》 2장 첫 문장만 소개한다.

We see the beautiful things as beautiful,

Because there is something ugly.

We see the good things as good,

Because there is something that is not good.

세상 모두가 아름다움을 아름다움으로 알아보는 자체가

추함이 있다는 것을 뜻합니다.

착한 것을 착한 것으로 알아보는 자체가

착하지 않음이 있다는 것을 뜻합니다.

어떤 사고의 극적인 전환이나 발견의 계기를 우리는 '코페르니

쿠스적 전환'이라고 한다. 노자의 가르침은 나에게 코페르니쿠스적 사고의 전환은 물론 매우 유연한 사고를 할 수 있도록 해주었다. 나는 갓난아기였을 때 입은 사고로 척추에 변형이 일어난 장애를 갖고 있다. 신체 장애는 나의 외모를 기형적으로 보이게 하고 이른바 예쁘다, 아름답다, 하는 인간 혹은 여성의 절대적 미의 기준에 전혀 맞지 않는다. 하지만 사고를 거쳐 나온 말의 힘은 위대하다. 내가 생각하는 것이 나를 만든다는 말이 있다. 아름다움이 성립하려면 추함이 있어야 한다는 말은 장애를 입은 내 신체에 대해 불편한 마음을 갖지 않도록 해주었다. 이와 같은 방식으로 행복은 불행으로 인해 정의된다고 하는 생각을 하게 된 것이다.

성공이란 말은 실패 혹은 성공하지 않은 상태와 단짝이란 말이다. 인생의 행복과 불행을 같은 무게에 두면, 그 어느 한쪽도 물리칠 수 없게 된다. 나는 이 책들을 옆에 두고 조금씩 읽으면서 서서히 내 마음속 두려움과 불안, 불행을 새롭게 이해할 수 있었다.

성현의 큰 가르침을 하루아침에 깨달을 리 없다. 나는 이 말들을 되새기면서 케냐와 아프리카를 오가며 일하는 동안 현재의 성공적인 것들과 이것들이 사라지면 불행해질 것이라는 불안감을 서서히 마음속에서 걷어냈다. 강의하려고 하면 올라오던 불안한 마음과 두려움이 서서히 가라앉기 시작했다.

위와 같은 사고를 하고, 노자와 장자의 가르침을 적용해나가다 보니 콘텐츠 개발에도 조금씩 자신감이 붙었다. 강연을 하고 사람들을 만나는 태도도 든든해졌다. 대중강연을 하는 데 필요한 콘텐츠 개발에도 뒷심이 생기기 시작했다. 인문학적 사고가 기반이 되는 강의 콘텐츠 개발의 중요성을 깨달은 것이다.

청년 독자 중에는 대중강연을 하고 싶어 하는 사람도 있을 것이다. 대중강연을 하는 강사는 타고난 말솜씨와 노력도 중요하지만, 전달하는 메시지와 강사의 삶이 어느 정도 일치해야 강의 내용에 힘과 진정성이 나타난다. 대중은 이것을 기가 막히게 잘 알아챈다. 요즘 같은 시대는 더 말할 것도 없다.

　나는 가까스로 사회적 성공을 얻었지만, 그만큼의 심리적 두려움과 불안감도 있었다. 이런 마음은 강의에도 영향을 주어 강사로서 위기를 겪기도 했다. 하지만 늘 해영이가 그래 왔듯이 위기는 기회가 되었다. 국제사회복지사로 활동하는 데도 큰 도움이 되고 있다.

　우리 일상은 늘 불행과 행복, 행복과 불행 사이를 넘나든다. 내 경우는 행복과 불행보다 이러한 인생 경험을 어떻게 생각하고 이해하는지가 더 중요하다.

내 키 작아!
그래서?

　'와, 저렇게 키가 작은 여성도 운전을 하는구나.'
1987년 일본에서 살 때 늘 하던 생각이다. 일본 여성의 평균 신장은 동아시아권에서 작은 편이다. 당시 나는 이십 대 초반으로 오십 대 이상의 중년 일본 여성들을 주로 만났다. 경제력을 갖춘 그들은 멋진 차를 타고 다녔으며 세련된 옷차림을 했다. 그들 중에 요시다 상의 멋짐을 우러러보았다. 그리고 그 키로 운전하는 그녀가 놀라웠다. 나는 운전할 수 있을 것이라고는 생각해본 적도 없는 데다, 키가 작다는 생각에 젖어 있었다. 그래서 요시다 상처럼 작은 키의 여성이 운전하는 것을 신기하게 여겼다.

　케냐 아이들이 나를 또래 친구라고 여길 정도로 내 키는 작지만 내 키가 작다고 하는 기준은 상대적이다. 요시다 상처럼 내가 만난 대부분의 오바짱(아주머니)들은 내가 봐도 놀라울 정도로 나보다 겨우 조금 더 컸다. 일본을 다녀온 다음부터는 내 작은 키에 대한 외부 시선을 불편하게 여기지 않게 되었다. 그곳에서 만들어진 내 키에 대한 이해는 어디를 가든지 위축되지 않는 내 태도의 바탕이 되었다.

요시다 상을 두고 내가 생각했던 말은 내가 운전을 시작한 때부터 많이 듣고 있다. 내가 운전하려면 특수한 자동차가 필요할 수도 있다. '정말 다행이다'라는 생각이 저절로 드는 것은 자동차 문을 열 때다. 내 경우는 조금 두꺼운 방석을 등 뒤에 하나, 운전석에 하나 두고 운전석 좌석을 앞으로 당겨서 내 키에 맞추면 안전운전에 전혀 문제가 없다.

나는 1990년부터 2003년까지 보츠와나에서 살았는데 그때 운전을 배웠다. 도로 옆 큰 나무 아래에 긴 나무 의자 몇 개와 운전 연습에 필요한 도구들을 갖춘 '굿호프 운전면허 학원'에서다. 내게 무언가를 기대했거나 혹은 키가 작아서 안 된다고 생각한 시험 감독이 바뀌고 나서야 운전면허시험에 합격할 수 있었다. 당시 기술학교에 있던 차량은 수동이어서 기어를 바꾸거나 페달을 밟거나 하는 일이 나한테는 매우 힘들었다. 그래서 꼭 필요한 경우가 아니면 운전하지 않는 쪽이었다.

한국에 돌아와서 마포의 한 사설 운전면허시험장을 찾았다. 한국에서 발행하는 운전면허증이 필요해서였다. 학원 등록을 하려는데 저 뒤쪽에 있던, 높은 사람인 듯한 매니저가 내게 다가왔다.

"…키가 많이 작으신데… 운전할 수 있겠어요?"

이미 등록접수처에서 들은 말이었다. 외국에서 운전하다가 왔다고 하니, "그럼 1종으로 시험을 보면 되겠네요" 하고 직원이 등록을 받던 중이었다. 나 대신 등록담당자가 "네, 외국에서 운전하다가 오셨대요"라고 하자 그 남자는 허허 웃으면서 "우리 면허시험장 역사상 가장 키가 작은 사람이 온 것 같다"라고 한마디를 던지며 돌아서 갔다. 나는 오른쪽 핸들 운전이 익숙한데, 한국은 왼쪽 핸들 운전이다. 시험을 준비하면서 방향이 조금 헷갈리기도 해서 도와주던 분들이 "아, 운전했다면서 왜 그래요?"라며 야단치기도 했다. 하지만 큰 어려움 없이 예정된 기간 안에 한국 발행 운전면허증을 받았다.

운전학원을 오가던 당시, 내 앞과 옆으로 시험을 치러 온 예비 대학생들이 지나갔다. 그들은 나를 보면서 아마도 '저 사람이 어떻게 운전하지?'라고 생각했을지도 모른다. 그런데 점점 사람들이 세련되어졌는지 학원 관계자를 제외하고는 아무도 나한테 그런 말을 하지 않았다. 물론 마음속으로 했을 수도 있지만.

내가 스스로 운전할 수 없다고 생각하고 시도해보지도 않았다면, 나는 여전히 운전대를 잡지 못하고 있을 것이다. 하지만 나보다 겨우 조금 더 큰 일본 여성들이 운전하고 다니는 모습을 보았기 때문에 나는 내가 운전하는 것을 당연하게 여겼다. 그리고 기회가 왔을 때 배웠다. 지금도 내가 운전석에서 내려 걸어 나오면 주변 사람들이 쳐다본다. 그러면 나는 짐짓 당당하게 차 키를 잡고 꾹 누른다. 삑~. 내가 누른 자동차 키 음에는 이런 뜻이 담겨 있다.

'네, 맞아요. 내가 저 자동차를 직접 운전하고 온 사람이랍니다. 놀라셨죠? 운전한 사람의 키가 너무 작아 믿을 수 없죠? 별일 아니에요. 누구든지 할 수 있는 것을 나도 하는 거예요.'

케냐에서도 운전하냐고요? 당연하다. 대신 공격과 방어를 동시에 하는 운전 실력을 갖춰야 가능하다는 점을 강조한다. 빠르게 치고 나가지 않으면 라운드 어바웃round about 같은 곳에서는 사고가 나기 십상이다. 깜빡이 없이 순식간에 치고 들어오는 차들을 감각으로 적당하게 피해야 사고를 면할 수 있다.

케냐에서는 내가 운전석에서 내리는 모습을 보고도 놀라워하거나 신기해하는 눈길을 느끼지 않아서 좋다. 게다가 상황도 좋아져서 수동이 아니라 자동 기어 자동차 운전이 가능하다. 자동 기어 자동차는 오랜 시간 운전해도 피곤하지 않아서 좋다.

무식한 엄마가
아니야

"엄마, 여기 책상 아래 둔 내 책, 새 책인데… 어디로 옮겼어?"

2012년 3월에 나의 첫 책이 출간되었다. 책이 나오자마자 출판사에서 스무 권을 집으로 보내주었다. 책을 받아서 책상 아래 두었는데, 어느 날 보니 몇 권이 없어졌다. 어디 갔지? 내가 누구 줬나? 영문도 모른 채 책이 한두 권씩 사라지고 있었다. 당시, 나는 엄마와 함께 살고 있었다. 엄마가 어디로 옮겨 놓았나 하는 생각이 들어 별뜻 없이 물어보았다.

"아… 그기… 책… 저 아래 미용실 아줌마하고… 슈퍼 아줌마하고… 동네 사람들에게 갖다줬는데… 비싼 기가? 내가 돈 줄게. 그리고… 더 있으면 줘라. 친구들한테 줘야 한다."

정말 생각지 못한 엄마의 대답이었다. 나는 책을 엄마에게 보여주지도 않았고, 엄마가 내 책의 존재를 알고 있을 거라고 생각도 못했다. 엄마와 나눈 이 짧은 대화가 나에게 많은 생각을 하게 했다.

엄마는 나에 대한 소식을 다른 사람들에게서 전해 듣는다. 그래서 엄마는 내가 무슨 일을 하는지, 어떤 일을 하는지, 누구를 만나는지 알고 있었다. 당신의 큰딸이 책을 냈고, 방송에 나왔고, 신문에 나온 것을 다 알고 있었다. 그러나 나는 엄마가 아무것도 모르고 있다고 생각했다. 내가 무엇을 하는지 이야기하거나 설명한 적이 말 그대로 단 한 번도 없기 때문이다. 나에게 엄마는 잘못 살아도 정말 잘못 산 사람이자, 너무도 무식해서 말이 전혀 안 통하는 사람이었다. 나는 어려서부터 엄마와 무엇을 의논하거나 상의해본 일이 없다. 엄마는 그렇게 할 만한 대상이 아니었다. 어린 내 눈에 엄마는 무식하고 미친 사람처럼 보였다.

엄마는 정식으로 글을 배우고 공부해본 적이 없는 무학자다. 스물두 살에 결혼하고, 서른여덟 살에 오 남매를 둔 과부가 되었다. 남편이 자살로 세상을 등진 바람에 오 남매를 데리고 서울의 산동네를 옮겨 다녀야 했다. 용산의 청과물 시장에서 채소와 과일 나부랭이를 팔거나 팔고 남은 것을 집으로 갖고 와 아이들에게 나누어주었다. 그렇게 아이들을 키웠다. 엄마는 무학과 고된 시집살이, 거기에 가난과 고생까지 더해져 우울증으로 인한 정신적 장애를 겪었다. 그러니 엄마는 내게는 무섭고 무지하고 무식한 엄마로 남아 있었다.

아, 엄마는 내가 하는 일을 다 잘 알고 있구나 하고 나는 반성했다. 그와 함께 고생 끝에 낙이 온다는 말처럼, 엄마가 그렇게 구박하고 때리고 욕하며 키운 큰딸이 이제 이렇게 책까지 펴냈으니 엄마에게도 이제 낙이 찾아온 듯 괜한 뿌듯함이 일었다. 속으로는 '엄마, 나 잘했지? 엄마 딸이 이렇게 잘되고 성공해서 좋지?'라고 물어보고 있었다. 속으로만 티낼 것이 아니라 진짜 엄마의 마음도 알고 싶었다.

"엄마, 그런데… 왜 그렇게 나를 때리면서 키웠어? 매일 때리고 욕하고 내쫓고 그랬잖아?"

헉! 내 안의 생각과 전혀 다른 말이 튀어나왔다. 말하고 나서 나도 놀랐다.

이 말이 아닌데… 이 말 하려고 한 것이 아닌데. 그런데 이미 말은 입 밖으로 쏟아져 나와버렸다. 엄마는 아무 말도 하지 않고 손으로 방바닥만 연신 쓸어내렸다.

"…아… 그때는 머리도 아프고… 먹을 것도 없고 해서… 그랬지. 니도 아픈 허리에 수건 말아 댕기면서 애 많이 썼다. 니가 더 고생했데이."

나는 척추장애로 인한 허리 통증이 심각했는데, 이것을 면하기 위해 십 대 중반 이후부터 약 십삼 년간 커다란 수건을 말아 허리에 감고 다녔다. 이렇게 해야 통증이 줄어들었기 때문이다. 엄마는 이 것을 기억하고 엄마와 나의 삶 가운데 자리한 애증의 봇물을 툭, 하고 터트렸다.

'니도 애썼다. 니가 더 고생했지.'

엄마의 이 말이 내 마음속에 깊이 박혔다. 엄마와 나는 가족으로서 인생의 가난과 고생을 함께 겪었다. 엄마는 자식들을 위해 죽지 않으려고 애썼고, 나는 동생들과 나 자신을 위해 살려고 애썼을 뿐이다.

나는 드라마 <우리들의 블루스>를 보면서 펑펑 울었다. 그 이야기 속에 나온 엄마들의 모습은 내가 어려서부터 보았던 내 엄마의 모습이었기 때문이다. 내가 보았던 엄마의 이해할 수 없었던 모습은 그녀만의 생존 방식이었고, 살아내야 하는 당면한 삶 앞에서 할 수 있었던 행동임을 조금씩 이해하게 되었다. 아마 그렇게라도 하지 않았다면 엄마는 살아남지 못했을지도 모른다. 이제 나는 어린 눈에 비쳤던 엄마의 삶의 모습을 하나씩 수정하고 있다. 엄마는 잘못 살거나 무식해서 말도 안 통하는 사람이 아니었다는 것을 인생 반백 년 살아보고 이제야 깨달아가고 있다.

이 글을 쓰면서 약 십여 년 전 엄마하고 나눈 대화와 그날의 장면을 떠올려본다. 그날 엄마가 손으로 방바닥을 연신 쓸어내린 것은 아마도 나를 그렇게 쓰다듬어주고 싶어 하셨던 게 아니었을까. 나와 엄마는 모녀간의 애틋한 정을 나누어본 적이 없기 때문에 서로에게 어떻게 감정을 표현해야 하는지 잘 모른다. 당시 나는 '엄마,

이 딸이 자랑스럽지?'라고 물어보고 싶었는데, 정작 겉으로는 엄마의 심장을 후벼 파는 말을 툭 내뱉고 만 것이다. 나는 그날 그래도 엄마가 자식에게 주는 사랑이 자식이 엄마를 사랑하는 것보다 크다는 것을 알았다. 엄마는 그날 '이놈의 가시나, 옛날 일을 왜 이제 와서 따지고 그래?' 하는 대신 '니가 애썼다. 니가 더 고생했다'라며 나를 위로해주었던 것이다.

"엄마, 책이 더 필요하면 언제든지 말해. 돈 안 줘도 돼. 여기다 많이 갖다 둘게."

나는 이렇게 엄마에게 인심 쓰고 있었다. 이후 책이 출간될 때마다 책상 밑에 둔다. 엄마가 언제든지 가지고 갈 수 있게. 엄마는 책을 읽을 수 없지만, 읽지 않아도 책의 내용이 어떤 것인지 알리라는 것을 이제 나는 안다.

우리 모두 인생을 부여받고 죽지 않으려고 혹은 어떻게든 살아보려고 애쓰는 중이다. 이것만 생각해도 숨이 쉬어지지 않겠는가! 이것만 알아도 미움과 아픔이 덜어지지 않겠는가!

구박받는
수박 한 조각

사람마다 정도의 차이는 있지만 모두 심적, 정신적 트라우마를 안고 산다. 사건이나 사물, 물건, 사람 등 살아가면서 접하는 모든 것들이 어떤 특정 불행한 사건과 연결되면 트라우마로 남게 된다.

내가 인지하는 내 마음속 깊은 트라우마 중에 사물인 '칼'이 있다. 그것도 부엌에서 사용하는 식칼 혹은 날카롭고 뾰족한 금속제 사물이다. 몇 년 전 어느 늦은 밤이었다. 대학원 과제를 하느라 정신없는 틈이었다.

갑자기 노크도 없이 방문이 확~ 열렸다. 나는 놀라서 몸을 돌렸는데 그 순간 눈앞에 부엌에서 쓰는 '식칼'이 다가왔다. 엄마가 공부하는 나를 위해 수박을 크게 잘라서 쟁반에 같이 담아 내온 부엌칼이었다. 공교롭게도 그 칼끝이 나를 향했다. 그 순간 두려움과 놀라움이 내 안에서 크게 메아리쳤다. 갑자기 엄마가 무서워지면서 나는 한순간 열네 살 해영이가 되었다. 어른이 되었으니 엄마를 더 이상 무서워하지 않아도 되는데, 갑자기 어릴 때의 트라우마가 불거져나온 것이다. 순간 너무 놀랐고, 칼을 들고 나를 내쫓던 엄마가 떠오르면서 나도 모르게 큰 소리로 말했다.

"엄마, 뭐야… 왜… 문을… 노크를 해야지! 갑자기 들어오면 어떻게 해? 칼은 뭐야? 왜 칼을 들고 와? 너무 놀랐잖아."

나는 반말로 엄마를 마구 추궁했다.

이렇게 글로 쓰니까 당시의 공포가 별것 아닌 것처럼 생각될지도 모르겠다. 하지만 이 일로 인해 내 안의 열네 살 해영이가 여전히 엄마와 화해하지 못하고 있다는 것을 알아챘다. 엄마와는 화해했지만, 여전히 식칼, 부엌칼하고는 화해하지 못한 것이다.

심리학적 이론에 기반해 이해해보면, 내가 아무리 공부를 많이 하고, 어른이 되고, 지혜를 많이 가져도 내 안에 깊게 자리한 공포, 두려움, 불안, 상처, 트라우마는 쉽게 사라지지 않는다.

엄마는 늦게까지 공부하는 딸을 위해 그저 수박을 가져온 것뿐인데 내게는 오히려 예전의 아픔과 상처를 붉거지게 만든 일이 되었다. 영문을 모르는 엄마는 "수박 먹으라고…" 하며 말끝을 흐리더니 들고 온 쟁반을 거두었다. 엄마는 수박에게 잘못을 돌렸다.

"수박이 무슨 잘못을 했다고."

나는 방문을 잠그고 엄마의 인기척을 느끼며 가만히 앉아 있었다. 그 순간 나는 정말 열네 살 해영이 같았다. 그 해영이가 사십 년이 지났는데도 찾아온 것이다. 느닷없이 올라온 분노와 두려움은 그때 그 일에 대한 반향이었다.

당시 나는 심리상담을 전공한 친구에게 끊임없이 상담 교육을 받고 있었기 때문에, 이러한 반향을 주의 깊게 생각해볼 수 있었다. 나는 갑자기 올라온 부정적인 감정을 차근차근 살펴보았다. 그러고 보니 엄마에게서 한 번도 그 일에 대해 미안하다는, 혹은 잘못했다는 사과를 받지 못했다.

내가 그날 별 이유 없이 엄마에게 화를 내며 추궁한 것은 엄마로부터 미안하다, 잘못했다는 사과의 말을 듣고 싶어서였을지도 모른다.

나는 엄마에게 "엄마, 이럴 때는 아, 미안하다. 갑자기 문을 열어서. 다음에는 노크할게"라고 말하면 된다고 이야기해주었다. 내 말에 엄마도 이해했는지 미안하다고, 이제 노크하지 않고 문 안 열겠다고 했다.

'아니, 문 열어도 된다고. 그런데 그렇게 갑자기… 식칼 들고 여는 게 아니라 노크하고 여는 거야.'

이렇게 말해주고 싶었지만, 풀이 죽어 앉아 있는 엄마의 모습에 어느새 나는 오십 대의 맏딸로 돌아와 있었다.

우리는 수없이 많은 드라마를 본다. 텔레비전, 영화, 만화, 책 등 다양한 루트를 통해서 듣고 본다. 하지만 수많은 사람이 일상에서 옛 상처로, 지난 아픔으로, 잊을 수 없는 고통으로 인해 현실에서 이해할 수 없는 일들을 겪는다. 어쩌면 드라마보다 더 드라마 같다.

'구박받는 수박 한 조각'의 이야기가 그렇다. 엄마와 나 사이에서 수박은 아무 일도 하지 않았다. 사실 식칼도 한 일이 없다. 그냥 등장했다가 사라졌을 뿐이다. 그런데 이 모든 드라마는 수박으로 인해 일어났다. 수박만 없었어도, 그날 밤 수박만 집에 없었어도 엄마는 수박을 자르지 않았을 것이고, 식칼을 들고 나타나지도 않았을 것이다. 그러면 나는 열네 살의 해영이도 되지 않았을 것이다.

독자 중에도 이러한 경험을 하는 사람들이 많을 것이다. 지금도 나를 괴롭히는 트라우마, 일상에서 느닷없이 나타났다 사라지는 분노, 정체 모를 화, 원인을 알 수 없는 심적 부담과 두려움 등이 일어나면 내 안의 감정을 잘 들여다볼 필요가 있다. 내 속에 깊이 자리한 부정적이고 원인을 알 수 없는 두려움이나 불안 등에 주의를 기울여보는 것이 바로 심리적 복지다.

이러한 일이 있고 나서부터 엄마는 자주 나에게 미안하다고 말했다. 그때마다 정말 봄눈 녹듯이 내 안에 똬리를 틀고 있는 엄마에 대한 아픈 감정이 가라앉는 것을 경험하고 있다.

국제사회복지사로서 다양한 사람들을 만나고 상담도 한다. 심리상담은 또 다른 영역이지만 사회복지적 관점을 반영한 상담도 중요하게 다룬다. 사람들이 겪는 트라우마는 그 뿌리가 매우 깊고, 일상에서 다양하게 나타난다. 수박이나 칼을 구박할 것이 아니라 정작 그 일의 본질이 무엇인지 생각해볼 필요가 있다. 내 경우, 칼에 대한 트라우마가 엄마로부터 사과를 받으면서 서서히 사라졌다.

악화를
양화로

2013년 1월 TVn의 <김미경쇼> 2화는 '키 134센티미터의 작은 거인'이었고 내가 주인공이었다. 이 방송의 백미는 출연자의 이야기를 듣고 나서 김미경 강사가 내용을 맞춤해 요약해주는 부분이다. 그녀는 나의 인생을 결핍으로 보았고, 지독한 결핍은 오히려 나를 움직이게 하고, 꿈을 지속하게 하고, 나 자신을 찾게 했다고 보았다.

그해 초까지 승승장구하던 김미경 원장은 뜻하지 않은 고난으로 힘겨운 시간을 보내게 되었다. 한동안 뜸했던 그녀에게서 갑자기 연락이 왔다.

"선생님, 책 하나 더 써야지요?"

"네, 그럼요. 할 이야기는 많지요."

그렇게 해서 책을 출간하기 위한 사전 준비로 김도형 사진작가가 케냐에 삼 개월 예정으로 왔다. 책 내용에 맞는 사진을 찍기 위해서다. 그리고 이듬해, 두 권의 책이 나왔다. 김도형 작가가 찍은 사진들은 적절하게 이 두 권의 책에 삽입되었다. 그런데 책에만 싣고 나니 아쉬웠다. 수천 장의 사진 중에서 겨우 수십 장만 사용했을 뿐 아직 빛을 보지 못한 사진이 많았다. 그래서 '아무것도 안 해도 괜찮아'라는 제목으로 2014년 11월에 서울 극동방송국 내 갤러리에서, 그리고 2015년 9월에 뉴욕 브루클린에서 각각 사진전을 열었다.

당시 책이 나왔을 때, 한국은 세월호 사건으로 사회의 전반적인 활동이 침체되어 있던 시기였다. 김미경 원장은 회사 일로도 바쁜데 가능한 한 홍보활동을 지원해주었다. 한국과 미국에서 열린 사진전은 비교적 소기의 성공적인 성과를 거둘 수 있었다. 아프리카를 문화적으로 알리는 것으로도 의미가 있었다.

어느 날, 김미경 원장과 한 호텔에서 만났다. 그녀는 미혼모와 아이들을 위한 복지사업을 구상했고, '그루맘'이란 사단법인을 창립하려고 했다. 나더러 창립 이사로 활동해달라고 요청했다. 물론 "오브코스_of course_"다. 새로운 일을 찾은 그녀는 즐거운 마음으로 앞으로 하고 싶은 일을 말했다.

"언제까지나 강의만 할 수는 없지 않겠어요. 육십 대 이후에도 계속할 수 있는 일을 찾아야지. 그때 시작하면 늦으니까 지금부터 해야 할 것 같아요. 아버지 없이 아이를 키우기로 한 엄마들을 돕는 거죠. 너무 위대한 거예요. 기특한 거고. 조금만 힘이 되어줘도 큰 힘이 될 겁니다."

자신에게 하는 말인듯, 나에게 들으라고 하는 말인듯 하는 그녀의 말에 나도 모르게 이 백 퍼센트 동의하고 있었다. 그녀는 나보다한 살 더 많다. 우리는 일로 만났지만, 서로를 깊이 응원하고 있다. 당시 보츠와나에서 십사 년, 미국에서 칠 년을 살다 돌아온 내게 한국은 낯선 곳이기도 했다. 그때, 김미경 원장이 옆과 뒤에서 나를 이끌어주었다. 이 얼마나 든든한 관계인가. 나는 다양한 강연, 방송 활동과 저술, 전시회 등의 문화 활동을 통해 강사로서의 역량을 강화했는데, 김미경 원장에게 많은 부분 공을 돌리고 싶다.

김 원장은 당시 자신에게 닥친 위기를 기회로 만들어냈다. 악화가 양화가 된 셈이다. 그녀는 2020년 초에 불어닥친 코로나 시대란위기에 세계적 흐름을 읽고 공부를 지속하면서 온라인 강의 시장에서 독보적인 경력을 쌓고 있다. 현재 MKYU 대학을 운영하고 있다.

"이제와 생각하니까 제게 닥친 시련은 제 인생에서 정말 엄청난기회가 되었던 셈이에요. 처음에는 인터넷에서 제 이름을 검색만해도 그 뉴스가 딸려 나와서 속상했는데, 어느 순간부터 '아, 얘도내 인생의 한 부분이구나' 하는 생각이 들었어요. 그러고 나니까 마음이 편안해지더라고요. 그리고 그 일을 계기로 엄청나게 공부하기시작했고, 공부를 통해 강의의 질이 달라졌어요. 그 이전 강의를 보면 창피할 정도라니까요."

언젠가 그녀하고 같이 남산을 손잡고 잠시 걸은 적이 있었다. 키가 큰 그녀지만 작은 키의 내 걸음과 맞추어 걸었다. 그때 김 원장이 나한테 해준 말이다. 그녀가 나를 대하는 모습을 보면 그루맘이란 단체를 통해 사회적으로 취약한 여성과 아이들에게 쏟는 애정이 어떠한가를 알 수 있다.

자신의 어려움을 넘어서고, 또 다른 사람들의 어려움을 껴안는 사람이야말로 지혜로운 사람이 아닐까.

내 모습을 가진
사람들

"선생님, 저는 이제 스물두 살 되는데요. 거리에 나가면 저보다 더 예쁘고 키가 큰 여성들을 보는 것이 힘들어요. 왜 나는 이렇게 작고 못생겼는지…. 제가 막 싫어지고 힘들어요. 이런 마음을 어떻게 다스려야 할까요?"

언젠가 장애인 가족 모임에 특강을 간 적이 있다. 특강이 끝나고 이어진 식사 시간에 한 여성 장애인이 내게 다가와 인사를 하더니, 매우 심각한 고민이라며 이렇게 물었다. 장애가 있는 자신을 부정하는 마음을 이기고, 어떻게 하면 장애를 수용할 수 있는지 말이다. 이 여성은 유전질환 장애로 저신장에다 여성성의 발달이 지연되는 특성으로 인해 초등학생 정도로 보였다. 그 여성의 부모로 보이는 분들이 저쪽에 앉아 있는 것이 눈에 들어왔다. 모습은 초등학생이지만 대화를 나눠 보니 이십 대 초반의 여성이었다.

"L 씨, 가만 보니 서 있는 키와 앉은키가 나보다 크던데요. 조금 더 크지만요."

나는 이렇게 말하고 미소를 지어주었다. 그녀는 편한 마음이 들었는지 나와 같이 웃었다.

"L 씨, 서울역 앞에서 지나가는 사람들을 한 시간 동안 지켜보라고 하는 숙제가 있어요. 그러면 지켜보는 사람이 누구인지에 따라 지나가는 사람들이 달라진다고 해요. 왜 그럴까요?"

"네? 음… 잘 모르겠는데요."

그녀가 골똘히 생각하길래, 내가 기다렸다가 말했다.

"자신이 좋아하거나 싫어하는 사람들만 눈에 들어와서 지나가는 사람들 전부를 보지 못한대요. 저는 아프리카에서 일하고 있는데, 어디를 가든지 제 눈에는 장애인들이 먼저 눈에 들어와요. 오히려 그들을 보면 반갑고요. 내가 겪고 있는 장애를 저 사람들도 겪고 있구나 싶어서 말이죠."

"아… 그래요? 저라면 아프리카에 가면 장애인이 아니라 비장애인들이 눈에 들어올 것 같아요?"

"왜 그렇죠?" 내가 물었다.

"나도 장애가 있는데, 일부러 아프리카까지 가서 장애인을 만나야 하나요? 어쩐지 안 보고 싶을 것 같아요." 그녀가 말했다.

"맞아요. 바로 그 마음이에요. 내가 싫어하면 그와 비슷한 것은 보기 싫죠. 내가 좋아하면 그와 비슷한 것을 좋아하게 되죠. 키가 큰 여성을 보는 게 싫으면 저신장인 나를 싫어하는 것이고, 저신장 여성을 보는 게 좋으면 저신장인 자신도 좋아하는 것이죠."

나는 L 씨를 정중히 대하면서 이야기를 이어갔다.

"L 씨와 나는 저신장을 가진 여성 장애인이기 때문에 둘 중의 하나를 선택하게 될 거예요. 우리와 비슷한 저신장 여성 장애인이 눈에 들어오거나 키 큰 비장애인 여성이 눈에 들어오거나 말이죠. 만약에 장애인이 눈에 들어오면 장애수용의 태도가 마련된 것이고, 키가 큰 비장애인 여성이 눈에 들어오면 장애부정의 단계라고 할수 있어요. 분명한 것은 비장애인 여성을 볼수록 자신에 대한 열등감만 커지게 된다는 것이죠."

그녀와는 대화가 잘 이어졌다. 질문하고 답하는 것을 보면 알 수있다.

"맞아요, 밖에 나가면 예쁘고 키 큰 여성들만 눈에 들어와요. 그렇다면 저는 저를 싫어하는 단계군요.. 그다음 단계로 가야겠네요?"

그녀에게 그다음 단계는 무엇일까? 한두 단계가 아닌 여러 단계가 되겠지만, 나는 이 여성의 질문을 지금도 간직하고 있다. 나의 특강보다 L 씨가 한 질문이 정말 좋았고, 그날 나눈 대화도 의미가 있었기 때문이다. 그녀에게 한 대답이 곧 내게 하는 말이었기 때문이다. 나는 내 모습을 가진 사람들을 어떻게 대하는가? 나와 비슷한 사람이어서 더 좋아하는가 혹은 더 싫어하는가? 게다가 나는 내가 싫어하는 내 모습을 가진 다른 사람들을 어떻게 대하고 있는가?

독자들에게도 이런 질문을 던져본다. 이러한 종류의 질문에 대한 답을 찾기 위해 복잡한 심리학 이론을 들고 나오지 않아도 된다. 너무나 분명하니 말이다. 극심한 빈곤을 잘 극복하고 부자가 된 사람은 빈곤에 처한 사람들을 돌아보는 마음이 있다. 그러나 세상은 그 반대의 경우가 더 많다. 엄청난 빈곤을 겪은 후 부자가 되었기 때문에 더는 빈곤을 돌아보고 싶지 않고 그러한 처지에 있는 사람도 싫어하는 경우 말이다.

나는 불우한 가정환경 속에서 극심한 가난, 장애 등의 시련을 경험했다. 분명한 것은, 나는 십 대 때부터 나와 비슷한 환경과 처지에 있는 사람들을 싫어하지 않았다는 점이다. 그 속에 있는 사람들이 좋았고, 잘 따랐고, 함께하는 것을 기꺼워했다.

행복의 기준은 제각각 다르다. 다른 사람의 판단이 아닌 내 마음의 기준으로 난 성공했고, 그래서 정말 행복하다. 나는 내 모습을 가진 사람들 사이에서 빛난다는 걸 잘 알고 있다. 지금은 어느 자리에 있어도, 어떤 사람들 사이에 있어도 불편하지 않다.

3장

어떻게 사는 게 잘 사는 거예요?

도망가자,
거기에 길이 있을 것이다

나는 이십 대 중반에 처음 아프리카로 왔다. 이 원고를 쓰고 있는 지금, 케냐에 있으니까 '여기'로 온 것으로 하겠다. 한국에 있었다면 아프리카로 도망갔다고 쓸 것이다. 당시의 내 형편을 지금에 와서 살펴보면, 확실히 나는 아프리카를 도피처이자 피난처로 삼은 것 같다.

나는 여러 번 도망했다. 처음에는 집에서, 두 번째는 한국에서, 세 번째는 아프리카에서다.

처음 집에서 엄마의 매질과 욕설, 반복되는 폭행을 피해 가출했다. 나는 어려서부터 엄마에게서 저주에 가까운 말과 매질을 견뎌야 했다. 열네 살쯤 되어서는 간신히 겨우 세 살이 된 막내 남동생을 업고 있었다. 도망도 못 가고 엄마의 눈을 피해 다녔던 그해 가을 어느날, 엄마는 부엌칼을 휘두르며 나를 집 밖으로 내쫓았다.

나는 며칠 동안 주인집 다락방에 숨어 있었다. 주인집은 팔 남매의 자식이 있었지만, 그 누구도 내가 그 집에 숨어 있는 걸 발설하지 않았다. 엄마가 없는 틈을 타서 나는 주인댁 아주머니의 소개로 어느 한의원 집에서 일하게 되었다. 한의원 집 노부부는 나를 가엾게 여기고 잘 대해주었다. 처음 나를 보자 너무 작아서 놀랐다고 했다. 나는 그곳에서 십 개월 동안 외출도 하지 않고 살았지만, 오히려 안정적이고 잘 먹는 환경 덕분에 키도 많이 컸다. 노부부는 나를 허물없이 대해주었고, 그 집에서 나올 때 거의 천자문을 다 뗄 정도였다.

나는 집에서 구박덩이로 자란 탓에 눈치가 빨랐는데, 노부부의 선한 태도가 나에게도 좋은 영향을 주었다. 그 집에서 지내면서 내 상황을 적어 직업학교로 편지를 보냈다. 직업학교에서 입학원서를 보내왔고, 면접을 보러 오라고 했다. 늘 학대당하고 무시당하던 나는 그곳에 다니기 시작하면서 차츰 변화하기 시작했다. 육 개월 동안 편물 수업을 들었고, 학교 사감 선생님으로부터 많은 사랑을 받았다. 이후 기능대회에서 금메달을 여러 개 땄고, 공부하고 싶은 간절한 마음에 대학입시에도 도전했다.

내 인생에서 두 번째의 큰 도망은 한국에서 아프리카로 간 것이다. 초등학교 졸업 학력을 중·고등 검정고시로 만회하고, 대학입시를 두 번 쳤다. 소녀 가장에서 청년 가장으로 바뀌어 아래 네 명의 동생들의 학비와 생활비를 책임지며 공부하고 일하기를 육 년간이나 했다. 두 번째 본 대입 시험에서도 떨어지고, 나는 결국 쓰러졌다. 당시 내가 대학에 합격한다고 해도 어차피 등록금도 없었다.

나는 아직 이십 대였다. 도전하고, 또 도전했다. 하지만 도전한 숫자만큼 실패하면 의욕도 잃어버린다. 연이은 대입 실패는 내가 처한 현실을 되돌아보게 했다. 무기력감에 빠져 허우적거렸던 시간. 꼬박 일주일을 아무것도 하지 않고 누워 있었다.

장애인, 영세민 가정, 정신 병력이 있는 홀어머니와 아래로 네 명의 동생들….

지금 봐도 대책이 없어 보인다. 그러니 그때는 두말할 것도 없었다. 나는 내 손에 든 패가 불리할 뿐 아니라, 이러다가는 곧 죽겠다 싶었다.

"도망가자."

확실하게 한국의 교육제도에 편입되지 못했던 나는 과감하게 이 나라를 떠나 아프리카의 보츠와나란 곳으로 도망쳤다. 이름조차 생소한 보츠와나. 비행기를 다섯 번 갈아타고 간 먼 곳. 부시맨이 사는 땅, 사막으로.

겉으로는 무보수 자원봉사자라는 멋져 보이는 타이틀이 있었지만, 내 살길도 막막한데 먼 나라에 자원봉사자로 간다는 것 자체가 말도 안 되는 이야기다.

사람이 죽기를 각오하면 살길이 보이는 법이다. 앞날에 어떤 일이 있을지 전혀 예상하지도 못한 채 한국에서 도망간 그 길에서 나는 살아남았다. 그런데 나는 겨우 살아남은 게 아니었다. 한국에서는 끝없는 경쟁 속에서 살아남기 위해 뼈를 깎는 고통을 겪어야 했지만, 보츠와나에서는 그럴 필요가 없었다.

그곳에서 살면 살수록 그곳 학생들의 삶이 보였고, 그 학생들에게 투영된 내 모습도 보이기 시작했다. 작고 아무것도 아닌, 상처투성이인 나의 앉아 있는 모습이. 내가 어린 시절 그 고생을 하지 않았더라면, 아프리카에서 내 모습이 보였을까. 수많은 청소년을 가르치며 직업학교 교장을 역임했고, 만 십사 년간 사백 명이 넘는 보츠와나 청소년에게 직업 교육을 해주었다.

이 일로 인해 대한민국 정부에서 주는 국민훈장 목련장을 받았다. 나에게는 피난처이자 도망처였던 곳이 오히려 삶의 터전이 되었다. 물론 낯선 나라에서 긴 시간을 보내며 그에 상응하는 대가를 치러야 했다. 내가 치른 대가는 고난, 고생, 고통, 고독이라고 부르는 것들이다. 사람들이 대부분 싫어하는 것들이다. 하지만 그러한 종류의 것들이 오히려 나를 단단하게 다듬어주었다.

세 번째 도망은 자발적이며 매우 희망적이었다. 만 십사 년의 보츠와나 생활의 결산이었다.

'나를 공부시키자.'

이 말은 안정적인 보츠와나에서 도망쳐야겠다는 내적 각성에 기

105

반한 말이기도 했다. 사실, 한곳에서 십여 년 이상 살게 되면 그 자리가 익숙해진다. 직업학교는 안정적으로 운영되었고, 나는 지역 주민들의 사랑과 존경을 받는 처지가 되어 있었다. 문제는 학교장이 대학 졸업장이 없다. 더 이상 하고 싶은 것도, 간절한 것도, 이루고 싶은 것도 없었다.

사방 360도로 펼쳐진 허허벌판에서 십 년 이상 살다 보니, 마음이 그 벌판처럼 평평해진 것이다. 인생을 사는 동안 파도도 없고, 쓰나미도 없으면 다행이라고 여겨야 할 만하다. 그때의 나는 그랬다. 그런데 나는 그것이 불안했다. 김지수·이어령 선생님의《이어령의 마지막 수업》이 당시의 내 마음 상태를 가장 잘 표현하고 있다. 책에서 이어령 선생님은 이렇게 말하고 있다.

"남 쫓아가는 욕망은 물독도 두레박도 아니고 돌멩이라네. 아름답다는 것, 살아 있다는 것, 그 갈증을 자기 안에서 만들어내지 못하면 돌멩이처럼 되는 거야."

내 안에서 갈증이 일어나지 않으면 결국 하루하루가 무미건조한 돌멩이의 삶이 될 수밖에 없다. 이런 삶은 기독교 신앙인인 내게는 더욱 큰 문제가 되었는데, 일상생활에서 '신을 간절하게 찾아야 하는 이유'가 점점 줄어들었기 때문이다. 습관적이고 관성이 붙은 신앙생활은 하지 않은 것만 못한 결과에 이르기도 한다. 나는 이 점에 주의했다.

돌멩이처럼 딱딱해진 마음 바닥에는 안락과 안정이 주는 나태함이 자리하고 있는 것이 보였다. 지금을 벗어나야 한다는 결론에 이르기까지 삼 년이 더 걸렸다. 결국 나는 2003년 12월에 아프리카에서 미국으로 도망갔다.

새로운 시도를 하게 한 가장 강력한 동기는 무엇보다도 어려운 환경에 처한 아프리카의 수많은 청소년을 교육하면 할수록 더 깊이 있게 공부해야겠다는 생각이 간절했다. 에이즈에 걸린 아이들, 제대로 정규교육을 받아본 적 없는 아이들, 열악한 교육환경 등을 경험하며 이들을 위해 좀 더 체계적인 공부를 할 필요를 느꼈다. 학교를 세우고, 기술을 가르쳤지만 많이 부족한 나 자신을 발견했다.

아프리카에서 미국으로 건너가 소기의 공부를 마치면 다시 아프리카로 돌아가리라 다짐했다. 아프리카에서 배운 영어가 전부였던 내가 컬럼비아대학교에 입학하고 무사히 졸업한 건 기적과도 같은 일이었다. 난 기적과도 같은 그 일을 결국 해냈고, 만 칠 년간의 미국 뉴욕에서의 유학 생활을 첫 다짐대로 마무리했다. 그 열매인 사회복지학 학사와 석사학위를 받고 드디어 케냐로 다시 돌아왔다.

사람은 현실적인 어려움에 부닥치면 그것을 피하거나 숨어버리거나 모르는 척하거나, 가장 확실하게는 도망간다. 살아온 날들을 돌이켜 보니, 사람이 살아가는 중에 어떤 선택을 하든 괜찮다는 생각이 든다. 피해도 되고, 숨어도 되고, 모르는 척해도 된다.

내 경우는 도망쳤다. 또 생각해도 잘한 일이다. 사람들은 현실을 외면하는 태도를 두고 비겁하다거나 무책임하다고도 한다. 또한, 현실을 피하거나 모르는 척하는 사람들도 뭐라고 비난한다.

하지만 그런 외부 시선에 신경 쓸 필요 없다. 인생을 잘 살고 못 살고의 기준이 다른 사람에게 있지, 나에게 있는 것은 아니지 않나.

'잘 못 살아도 돼, 그것도 잘 살게 되는 과정인 거야.'

이렇게 말해주는 사람들이 많이 있으면 좋겠다.

멘토를
만나다

"선생님, 저는 이제 열다섯 살이고요, 초등학교만 나왔어요. 앞으로 살아갈 것을 생각하니 마음이 암담해요. 그러니 지금부터 선생님의 머릿속에 들어 있는 지혜를 저에게도 나누어주세요."

인생에는 여러 번의 기회가 주어진다고 했다. 내 경우는 부모와 형제를 선택할 수는 없었지만, 내 인생의 스승과 멘토가 되어줄 분들은 나 스스로 정할 수 있었다. 집을 떠난 후 일 년 만에 나는 서울시에서 하는 무료 직업 교육을 받게 되었다. 육 개월이란 짧은 기간 속에 직업학교 소녀 훈련생들은 경기도 이천에 있는 유네스코 청소년 수련회관(현 유네스코 평화센터)에 강의를 들으러 갔다. 첫 번째로 안병욱 철학 교수님이 '합리적으로 살아야 하는 여덟 가지 이유'란 제목으로 강의했다. 그 강연은 '내 인생에서 처음 들은 잊을 수 없는 강연'이 되었다. 나는 강의실 맨 앞자리에 앉아서 그분의 모든 말을 받아 적었다. 4박 5일간의 수련회가 끝나고 직업학교로 돌아온 여학생들은 그곳의 교수님들에게 감사와 사랑의 편지를 보냈다. 나도 그중의 한 사람이었다. 나는 '썩은 미소'라는 별명을 가진 강대근 선생님에게 내 인생의 스승이 되어달라는 편지를 보냈다. 하지만 답장이 오리라는 기대 없이 보낸 나의 간절한 편지였다.

"애, 네가 편지에 뭐라고 썼길래, 강대근 선생님이 답장을 보내주셨니?"

훈련원의 사감 선생님이 유네스코 청소년 센터에서 온 편지를 건네주면서 하신 말씀이다.

강 선생님의 답장은 어린 내게는 구원의 빛이었다. 그때부터 나는 강 선생님께 장문의 편지를 보냈다. 나는 할 말이 정말 많았고, 네다섯 장의 긴 편지글을 쓰는 것은 쉬운 일이었다. 강 선생님은 매주 날아오는 내 편지에 한 달 혹은 두 달에 한 번씩 잊지 않고 답장을 보내왔다. 나는 그것만으로도 날아갈 듯이 기뻤다. 강 선생님의 격려, 위로, 지지의 글은 공장에서 일하면서 살아가는 어린 내게 큰 힘이 되었다. 털실 먼지가 쌓인 컴컴한 편물 공장 한구석에서 유네스코 한국위원회의 강 선생님이 보낸 편지를 읽으며 나는 희망과 용기를 가졌다.

강 선생님은 나를 '공장에서 일하는 어린 소녀'로 대하지 않았다. 글에는 청년을 대하는 정중함이 있었고, 내가 살아갈 미래를 믿어주는 힘이 있었다. 공장을 전전하며 기술을 배울 때는 "해영아, 네 옆과 앞에 있는 사람들이 교사이자 세상이 학교란다"라고 일러주었다. 각종 기능대회에서 금메달을 땄다고 전했을 때는 "다행이다, 그 대회가 너에게 금메달을 주어서 다행이다. 그래도 그깟 금붙이가 무엇이 중하겠는가. 더욱 노력하거라"라고 격려해주었다.

아프리카로 갈 때는 강 선생님이 보내준 다양한 책들을 다 챙겨갔다. 강 선생님은 직업학교 소녀였던 내가 지적으로, 인격적으로 성장하는 과정을 가장 깊게 지켜보았던 분이다. 성장하면서 내가 사는 환경과 나라도 바뀌었지만, 멘토 관계는 계속 이어졌다.

보츠와나에서 보낸 편지에는 "이제, 해외 개발 사업에서 네가 배울 것이 더 많아지겠구나"라고 격려의 답을 해주었다.

강 선생님은 유네스코 한국위원회에서 사십 년간 근무하면서 한국의 청년 개발을 주도한 주역 중의 한 분이다. 잦은 해외여행과 바쁜 일정 속에서도 내 편지를 읽고 답을 보내주었던 강 선생님의 관심이 얼마나 큰 것이었는지는 지금도 가늠하기 어렵다.

강 선생님의 멘토 역할은 그분이 돌아가시던 2010년까지 이어졌다. 강 선생님은 2010년 3월, 이 년간의 위암 투병 끝에 예순 살을 일기로 세상을 떠나셨다. 그때 나는 컬럼비아 대학원에 재학 중이었고, 졸업을 앞둔 마지막 학기에 강 선생님의 투병 소식을 들었다. 나는 대학원을 졸업하자마자 한국에 돌아와서 유네스코 평화센터를 방문했다. 그러곤 강 선생님이 잠든 수목들을 둘러보았다. 이 세상을 살다 떠난 사람들은 크고 작은 기억과 추억을 남은 사람들에게 주고 간다. 강 선생님이 이 세상의 청년들을 사랑하던 그 빛을 나도 받을 수 있었던 것을 감사하게 여긴다.

강 선생님의 편지를 전해준 훈련원의 최영숙 사감 선생님은 신실한 기독교 신자였다. 최 선생님은 그 누구보다도 내게 관심을 보였고, 덕분에 직업학교를 마치고 나왔을 때는 나는 기독교인이 되어 있었다. 최 선생님은 지금까지도 든든한 멘토이자 인생의 선배로 함께하고 있다. 수년 전에는 최 선생님과 함께 케냐에서 즐거운 일정을 보내기도 했다. 최 선생님은 내 신앙의 멘토다. 신앙과 기독교에 관한 이야기는 최 선생님께 묻고, 그 외의 내용은 강 선생님께 물어보았다. 내가 어디에 있든지 이 두 분은 지지와 격려, 위로와 용기의 말이 담긴 글들을 보내왔다.

　부모의 사랑을 제대로 받지 못했지만 십 대 중반부터 이어진 강 선생님, 최 선생님과의 멘토 관계는 어린 나를 선한 사람들 사이로 흘러가게 했다. 세월이 많이 지나서야 그분들이 나의 가장 훌륭한 멘토였음을 알게 되었다.

나는 사실 대를 넘기면서 불특정 다수의 청년의 멘토가 되기 시작했다. 다행인 것은 내가 어른으로서 청년들에게 해줄 수 있는 멘토 역할이 무엇인지 이해하고 있는 사람인 점이었다. 나 역시 내 인생의 고민, 위기, 결정의 단계마다 멘토 선생님들이 함께해줘 내 인생이 이루 말할 수 없이 풍부해졌다고 믿는다.

함께여서
가능했던 일들

"…혹시 일자리를 찾고 있나요?"

"네, 그렇긴 한데요."

"그럼 한국인 환자를 위한 통역 및 의료 보조원을 찾고 있는 우리 병원에서 함께 일해보지 않겠어요?"

선한 인상의 의사 한센은 여러 가지 질문을 하더니, 일을 찾고 있냐며 여기서 일해보지 않겠느냐고 했다. 치료받는 환자에게, 그것도 겨우 몇 마디 이야기해보고 자기 사무실에서 일하지 않겠냐고 하다니…. 갑작스러웠지만 반갑고 놀라웠다. 실제로 나는 대학원 입학 전까지 일을 찾고 있던 참이었다.

"아니, 무엇을 보고 내게 일을 맡기나요?"

그러자 한센은 이렇게 답했다.

"인상이 좋아서 믿음이 가요."

그렇게 해서 뉴욕 플러싱의 발 전문병원에서 구 개월간 의료 보조원이자 통역사로 일하게 되었다. 발에 이상이 생겨 치료하기 위해 병원을 찾았다가 치료받는 중에 인터뷰하고 취직한 것이다.

나의 장애가 분명하게 보였을 텐데도 나를 지목해 일을 준 것이 약간은 신기하게 여겨졌다. 발 병원에는 일주일에 삼 일만 출근했는데, 그 병원에서 일하는 동안 다정하고 심성 좋은 사람들의 사랑을 많이 받았다. 병원 사무실은 작았지만 미국인 할머니, 유대계 러시아인 할머니, 콜롬비아에서 온 간호 대학생, 에콰도르에서 온 남미 청년, 그리고 한국 사람인 나를 포함해 다국적의 사람들이 근무했다. 한센은 금발에 파란 눈을 가진 전형적인 백인 남성 의사인데 같이 일하는 직원들을 사랑과 관심으로 대했다. 그러니 환자들에게서 많은 신뢰와 사랑을 받는 것은 당연지사였다.

언젠가 한센은 한국 식품점을 같이 가보자고 했다. 한 달 후에 그는 성탄 선물로 내가 좋아한다고 말했던 무말랭이, 고추장, 유자차 등을 잊지 않고 사서 차곡차곡 쇼핑백에 담아 나에게 전해주기도 했다. 한센의 다정하고 섬세한 사랑에 감동하지 않을 수 없었다. 한센은 이런 마음으로 직원들과 환자들을 돌보고 있었다.

이 병원의 환자들은 대부분 정기적으로 치료를 받으러 왔는데, 주로 나이 지긋한 분들이 많았다. 어르신들은 눈빛만 봐도 알아차렸고, 많은 말이 필요하지 않은 경우가 많았다. 이 병원에 오신 어르신 환자들은 느낌으로, 태도로, 감으로 상대방을 이해하고 받아들이며 자신을 나타냈다. 대부분 미국에서 오래 살아온 사람들이라 인종이 다르다고, 장애인이라는 이유로 상대를 무시하거나 편협하게 대하지 않았다. 의사를 비롯해 사무실의 직원들 모두가 그랬다. 같은 한국 사람들 사이에서는 경험하기 어려운, 평등하고 동등한 의식을 미국 사람과 일하면서 경험하게 되었다.

"캐서린(내 영어 이름이다)과 똑같은 사람을 찾아서 여기 사무실에 데려다 놓고 가요."

대학원 공부를 위해 그 병원을 그만두게 되었을 때, 한센이 내게 한 말이다. 나는 마침 한 집에서 룸메이트로 지내는, 일 잘하는 민정 씨를 소개해주었다. 내가 한국인으로서는 처음 일하기 시작했던 그 자리에는 계속 다른 한국분들로 채워지고 있다. 병원 사무실에는 내 이야기가 전설이 되어 전해지고 있다고 직원들이 전해주었다. 이렇게 미국 유학 중에는 한센을 비롯해 많은 사람이 나를 보살펴주고 내 형편을 헤아려주었다.

미국 유학 시 가장 힘들고 부담이 된 것은 역시 재정, 돈 문제였다. 풀타임 학생이었고, 금전적으로 아무런 준비 없이 공부하고 있었기 때문이다. 열심히 공부해서 장학금을 받고 생활비를 아껴 쓴다고 해도 비싼 등록금과 체류비는 감당하기 쉬운 수준이 아니었다. 특히 대학원 마지막 학기는 과연 학비를 마련하고 계속 공부할 수 있을지 의문이 들 정도였다.

하루치의 생활비만 겨우 남아 있었지만, 신기하게도 등록금과 필요한 경비들이 어디선가로부터 보내져 왔다. 내가 가진 것 없이 미국으로 건너가 학사와 석사를 마칠 수 있었던 건 힘들 때마다 진심으로 나를 도와주는 사람들이 곁에 있었기 때문이었다.

3511. 나의 한국 전화번호 끝자리다. 미국 뉴욕 플러싱 노던 블러바드에 자리한 집 주소이기도 하다. 이 집은 내가 일했던 발 전문병원과 대각선으로 자리하고 있었는데 나의 유학 시절 동안 편안한 안식처가 되어주었다. 집주인이었던 안봉환 선생님과 이선애 권사님으로부터 극진한 보살핌을 받았기 때문이다. 내가 그 집에 들어갔을 때는 두 분 다 이미 은퇴한 상태였다.

봄이면 창문에서 잘 보이는 뒷마당에 수선화가 심겨 있곤 했다. 명절이면 음식으로 가득한 상을 차려놓고 외국에서 생활하고 있는 우리를 초청해주었다. 특히 두 분은 나의 컬럼비아 대학원 졸업식에 참석하셔서 훗날 중요한 자료가 된 졸업식 사진도 찍어주었다.

뉴욕에서 거주하는 집에서 두 분의 보살핌을 받았다면, 워싱턴에 거주하는 이영호 교수님과 부인 이영숙 집사님 두 분은 내 유학 중 학비를 전액 지원해주었다. 오랜 인연으로 쌓인 관계는 신앙만큼 든든했다. 공부를 마치고 돌아올 때, 두 분이 나를 수양딸로 삼아주었다. 두 분의 사랑은 생면부지 사람들의 복된 만남을 만들어내고 있다.

발 전문병원에 소개해주었던 민정 씨는 우리 모두에게 큰 보람이 되었다. 내가 다니는 교회의 청년 남자를 소개해주었는데 일이 잘

되어 둘이 결혼했다. 게다가 발 병원의 근무도 잘하고, 결혼 후 얼마 있다가 미국 영주권도 받았다. 내가 미국 유학을 마치고 한국으로 돌아오기 직전 태어난 딸, 예지를 만나 축복의 기도를 해주고 온 것은 우리 모두에게 큰 추억이 되고 있다.

콩 심은 데 콩 난다는 말처럼 나는 아프리카에서 자원봉사자로 일한 대가를 세상 사람들로부터 넉넉하게 받고 있다. 아프리카 청소년들을 가르치며 살았던 일에 대한 하늘과 세상의 보살핌이다. 그러니 다시 아프리카로 돌아와서 사는 것이 내게는 마땅한 일이다.

　많은 사람의 도움을 받으며 살아보니 알게 되는 것이 있다. 이 세상에는 도움이 필요한 사람과 도움을 줄 수 있는 사람이 있다는 것이다. 혹 도움을 줄 수 있는 바로 그 사람이 도움이 필요할 수도 있고, 도움이 필요한 바로 그 자신이 누군가에게 도움을 줄 힘을 가지고 있다는 것이다. 살아갈수록 사람이 일생을 통해 한두 가지라도 업적을 이루는 것이 어렵다는 것을 깨닫는다. 또한, 내 인생에 일어난 '계속된 성공'은 나 혼자의 노력에 의한 것이 아니었다는 것도 잘 알고 있다. 나와 같은 한 사람을 위해 얼마나 많은 사람이 수고했는지 돌아본다.

그 말이
이해됩니다

미국 뉴욕시에 소재한 컬럼비아대학교를 떠올리면, 자동으로 토머스하고 연결된다. 그는 뉴욕 파슨스 디자인 스쿨에서 일러스트레이션을 전공했고, 컬럼비아대학교에서는 심리상담을 전공했다. 그는 자신의 전공을 살려 상담 일을 하고 있었다. 당시의 나로서는 토머스가 아니었다면, 컬럼비아대학교 석사과정은 꿈도 꾸지 못했을 것이다.

토머스를 처음 만난 것은 2008년 12월이다. 그해 5월에 얼라이언스대학교를 졸업하고, 대학원 입학 준비를 하고 있을 때였다. 입학 서류를 준비하다가 인터넷에 올라온, 유학생을 위한 입학 상담 회사를 찾고는 연락을 취했다. 이메일을 보내자마자 회사의 담당자로부터 연락이 왔다. 그가 바로 토머스였다. 입학을 위해 미리 써놓은 에세이 초안을 보내달라고 해서 보냈더니 기다렸다는 듯이 답신이 왔다. 궁금한 것이 너무 많으니 직접 만나자고 했다.

"미스 김이 도착했다고 해서 로비에 나갔는데⋯ 아무리 찾아도 사람이 안 보였죠. 고개를 숙이니까 당신이 보였어요."

뉴욕 맨해튼 한인타운 근처에 있는 사무실로 찾아갔을 때, 나를 처음 본 토머스의 소감이다. 키 180센티미터가 넘던 그는 두리번거리다가 고개를 숙이니까 그제야 내가 보였다고 했다. 물론 농담 섞인 말이다. 그는 처음 나를 보면서 '이렇게 작은 사람이라니… 도와주어야겠다'라는 마음이 들었다고 한다.

내가 대학원, 그것도 컬럼비아대학교에 지원서를 넣는다고 하면 사람들은 모두 '안 될 텐데…'라거나 '불가능해요' 하는 표정으로 내 말에 반응했다.

그러나 토머스는 달랐다. 매우 적극적이었고, 마치 내가 입학허가를 다 받은 사람처럼 이야기했다. 이미 입학허가를 받았는데, 그것을 왜 포기하느냐고 말하는 것 같았다. 한 번밖에 만나본 적이 없는 나를 믿어주다니, 진실로 고맙고 감동할 만한 일이었다. 한국인이지만 미국에서 자란 토머스는 보기 드물게 선생다운 사람으로 보였다. 그리고 역시, 실리적인 사고를 하는 미국인이라 할 수 있었다. 그가 마지막 한마디의 펀치를 날렸다.

"왜 포기합니까? 신청서도 안 넣고 말입니다."

이 한마디는 나 자신을 제대로 일깨웠다. 정신이 번쩍 드는 말이었다. 나는 해보지도 않고 지레짐작으로 안 된다고 하는 사람들의 생각에 전염되어 있었던 것이다.

그렇다. 입학지원서도 아직 안 넣었다. 그런데도 나는 안 된다고 포기하고 그에 따라서 행동하고 있었다. 지원서를 다 넣은 다음에, 불합격한다면 할 수 없는 일이다. 합격하면… 그것은 그때 생각할 일이다.

문제는 안 된다, 불가능하다고 하는 사람들의 말들에 쏠린 채 나 자신의 꿈을 이루려고 하는 데 있었다. 이 얼마나 어리석은 짓인가! 이걸 깨닫는 데 이틀이 더 걸렸다.

이렇게 어리석은 생각을 깨우친 후 대학원 입학지원서를 마무리했다. 며칠간 지원 이유를 적은 에세이를 수십 번 고쳐 쓰고, 전공 관련 사례를 다룬 에세이도 끝냈다.

한참이 지난 후 늦잠까지 자고 일어나서 졸린 눈으로 습관처럼 이메일을 열었다. 새로운 이메일이 와 있다. 컬럼비아대학교에서 왔다. 이메일의 내용은 놀랍게도 지원 서류를 넣은 사이트에 들어가 확인하라는 것이다.

'설마… 입학허가가 났다는 말인가? 합격이야? 불합격? 불합격이면 연락이 올 리가 없을 텐데….'

그 짧은 순간에 온갖 생각이 꼬리에 꼬리를 물었다. 떨리고 흥분된 마음으로 로그인하자 첫 화면에 대학교의 로고가 박힌 영문 편지가 떴다. 축하한다는 말과 함께 3월 말까지 입학을 결정할 것인지 알려달라는 내용이었다.

와! 진짜 합격이다. 합격. 합격.

입학 서류를 제출했다. 신입생 오리엔테이션을 하는 날, 나는 학교에서 토머스와 만날 약속을 잡았다. 학생회관에서 만난 우리는 어떻게 공부할 것인가를 놓고 오후 내내 이야기를 나누었다. 토머스는 나의 부족한 점이 무엇인지 잘 알았다. 공부하는 동안 그것을 형편이 되는 대로 보완해주었다. 일 년 만에 마쳐야 하는 석사과정은 시쳇말로 '빡쎄게' 돌아갔다. 피곤과 졸음이 극에 달한 날이면, 토머스가 학교 캠퍼스에 나타났다. 그와 몇 시간 동안 이야기를 나누고 나면 나를 짓누르던 피곤과 졸음이 달아났다.

"이 학교를 잘 알죠. 미스 김이 합격하는 것은 확신했지만, 사실 졸업할 수 있을지는… 불확실했죠. 컬럼비아에 빠져 죽어버리지나 않을까… 좀… 걱정이 되곤 했죠."

나중에 왜 나를 자주 찾아왔느냐고 물었더니 토머스가 한 말이다. 나를 그 학교에 보낸 것에 대한 책임을 지고 싶었다는 말이다. 그 배려를 생각해서라도 나는 공부에 더 집중했고, 석사과정을 잘 마칠 수 있었다.

그때부터 지금까지 토머스는 가장 가까운 친구이자 선한 일을 하는 동지로서 내 인생의 대소사를 함께하고 있다. 나와 토머스는 한국에서 태어났다는 것과 컬럼비아대학교 동문이라는 공통점밖에 일치하는 부분이 없다. 그 외에는 만나야 할 특별한 이유가 없었지만, 인연은 계속 이어졌다. 이후 많은 시간이 흘러 나이가 더 들면서 공통점도 더 많이 생겼다. 그래서인지 예전보다는 서로 인생과 관계를 이해하는 폭이 넓어졌다. 성인이자 각각 미혼인 우리가 오랜 세월 만남을 유지하는 것이 어려울 거라는 세간의 인식도 있어서, '무슨 사이냐?' 혹은 '무슨 관계냐?'라고 물어오면 나는 이렇게 답한다.

"글쎄… 뭐… 관계에 이름을 붙여서 정의해야 한다면… 친구? 동지? 아, 뭐 그냥 이름을 붙이지 않는 관계… 뭐 이쯤 돼."

토머스는 2016년부터 매년 케냐에 자원봉사자로 와서 사람들을 돕고 있다. 2019년 상반기에도 멘토링 교육을 하고 하반기에 뉴저지로 돌아갔다. 그런데 그해는 토머스의 인생에서 남다른 해가 되었다. 10월 어느 날, 주말 오후에 산을 타고 내려왔는데 심장에 이상을 느꼈다. 그는 자가진단 끝에 병원으로 달려갔고, 증상을 들은 병원 관계자들은 초스피드로 그를 입원시키고는 삼십여 분 만에 수술을 해버렸다. 심근경색이 일어났던 것이다. 심장에 스텐트 두 개를 삽입하고 나서야 회복에 들어갔다.

그즈음 나는 겨울 방학을 맞은 데다 마침 미국 중부에서 요청받은 강의가 있어 미국으로 갔다. 플로리다에서 부모님과 휴양 중인 토머스를 만났다. 건장한 체구였던 그는 살이 다 빠지고 뼈만 앙상하게 남은 준환자였다. 그를 보고 있자니 죽었다가 살아난 사람이 이렇구나, 하는 생각이 들어 놀라울 뿐이었다. 그래도 다행이었다. 그는 위기를 잘 넘기고 살아남았다. 그것도 벌써 한참 전의 일이다. 토머스는 지금 케냐에서 날아다닐 만큼 잘 지내고 있다. 그는 건강의 위기를 겪은 후 패스트푸드와 스테이크, 콜라 위주의 식단에서 채식과 생선 위주로 식단을 완전히 바꾸었다.

"해영 씨가 그전에 장애와 관련한 말을 나한테 하곤 했죠? 사실 그때는 그 말이 정확히 이해가 안 되었어요. 내가 경험할 수 없는 일이니까 말이죠. 하지만 심근경색으로 신체적 장애를 직접 겪고, 죽음의 문턱까지 가보고 나니 비로소 해영 씨가 했던 말들이 조금씩 이해가 되었어요."

종종 대화를 나누다 그가 하는 말이다. 장애가 있는 사람으로 살아가는 것이 어떤지를 조금이나마 공감하게 되었다는 의미다. 토머스는 "아프니까, 생명에 위협을 느끼니까, 살아 있는 것, 그것보다 더 소중한 것은 없더라고요"라고 말하면서 하루에 집중하고 살아 있는 이 시간에 감사하는 마음을 더 갖게 되었다고 한다.

토머스는 재미교포로 미국식 교육을 받은 사람이다. 예술가적 섬세한 감성을 갖고 있고, 심리상담이 직업이니 상대방의 마음과 심리를 이해하는 데 있어 바탕이 좁은 사람은 아니다. 누구보다도 나를 이해하는 친구 중 한 사람이다. 하지만 그에게 장애를 갖고 사는 내 형편까지 온전하게 이해받을 수는 없는 법이다. 토머스가 장애인으로 살아가는 내 인생을 조금이나마 이해한다고 말해주었을 때, 진심으로 고마운 마음이 들었다.

사람은 살아가는 동안 경험의 양의 총체적 결합체다. 경험하는 내용과 양에 비례해 인식하고 생각하는 범위가 확대된다. 살아가는 중에 불가피하게 겪게 되는 불행이나 사건, 사고는 피할 수 없지만, 그 속에는 또 다른 기회, 새로운 삶, 생각의 전환이 되는 씨앗이 들어 있다고도 생각해볼 수 있다.

　토머스가 심근경색이란 위기를 통해 인생관을 확대한 것은 다행한 일이다. 인생을 사는 동안 형편이 다른 사람을 이해하고 공감하는 마음을 조금이라도 더 갖게 되길 바랄 뿐이다.

손등이 아프면,
손바닥도 아프다

"여기 한국에도 도와줄 사람들이 많은데, 굳이 아프리카까지 가서 그 사람들을 도와야 해요?"

한국 보건복지인력개발원이 주관한 사회복지 전공자들 대상의 '사회복지사, 국제사회를 품다' 세미나의 질의응답 시간에 한 학생이 한 질문이다. 이러한 질문은 강의 후에 나오는 단골 질문이다. 질문하는 사람의 의도는 다양하지만, 해외 활동에 대해 부정적인 뜻이 담긴 것은 분명하다.

북미의 선진국인 미국에도 노숙자와 문맹자가 있고, 사회적 약자들이 많다. OECD에 속한 한국이지만 여전히 도움을 줘야 하는 취약계층이 국내에 산재해 있다. 이들을 우선해서 도와줘도 모자랄 판에 비싼 경비를 들여가며 굳이 왜 그 먼 땅, 아프리카까지 도와주어야 하느냐고 묻는 것이다.

"여러분, 한 손을 들어 올려주세요. 손등이 보이시나요?"

강의에 참석한 사람들이 모두 한 손을 들어 올린다.

"손등을 보시겠어요?"

모두들 자신의 손등을 바라본다.

"그 손등이 한국이라고 가정할게요. 이번에는 손등을 뒤집어 손바닥을 보세요."

모두들 손등을 뒤집어서 손바닥을 본다.

"각자 자신이 돕고 싶은 나라나 사람을 손바닥에 대입해보세요. 저는 그 손바닥을 케냐라고 가정할게요."

학생들에게 잠시 시간을 준다. 그러고 나서 질문에 대한 답을 마무리한다.

"사람들이 모두 자신의 손등만을 바라보고 사는 것 같지만 손등은 손바닥에 의해 유지되죠. 한국은 1950년 한국전쟁 때 이미 외국으로부터 많은 도움을 받았어요. 이제는 상황이 바뀌었죠. 한국이 건강하게 존재하기 위해서라도 누군가는 해외의 어려운 나라들을 도와야 하는 것이 맞는다고 봅니다. 마치 손등 아래 손바닥처럼 말입니다."

질문에 대한 적절한 답변이 되길 바라며 이렇게 말해주었다. 도움을 주는 것과 도움을 받는 것은 마치 한 팔에 붙은 손등과 손바닥같아서 동등한 무게를 갖는다. 비교적 많은 부분에 손등 아래 손바닥의 예가 적용된다. 좀 더 실리적으로 이해해보면, 한국과 아프리카는 대응 관계가 아닌 상호 관계라는 점을 강조하는 셈이다. 지금 누군가가 아프리카를 돕고 있는 행위와 역사는 다음 세대의 아프리카인과 한국인, 즉 국제사회가 누릴 기회를 주는 셈이다. 먼저 내 가족과 민족을 돕고, 나아가 타 민족을 돕는 것이 순서다. 그러니 위 질문이 잘못된 것은 아니다. 그래서 이렇게 다시 위 질문을 해본다.

"한국에도 도와줘야 할 사람들이 많지만, 아프리카에도 역시 더 어려운 사람들이 많죠. 어떻게 하면 바람직하게 도울 수 있을까요?"

나는 다양한 목적으로 설립된 비영리단체의 이사 혹은 자문으로 활동하고 있다. 인천의 시민단체인 해피링크, 한국의 미혼모와 자녀들을 돕는 그루맘 사단법인, 북한의 장애인을 위한 지원 사업을 하는 글로벌블레싱, 국제 긴급구호 단체인 빈손채움 재단, 굿네이버스 케냐 및 희산센터 등의 기관에서 내가 가진 전문적 지식과 경험, 네트워크를 제공하고 있다. 이 활동은 재능기부이자 전문 지식인으로서 마땅히 해야 할 일이다.

종종 각종 미담 기사가 미디어에 소개된다. 평생 모은 재산을 노년에 대학에 기부하는 사람, 작은 가게지만 이익금을 이웃을 위해 나누는 사람 등 셀 수 없이 많은 평범한 사람들이 이타적 삶을 살고 있다. 만약 그들이 아프리카에서 태어나고 자랐다면 또 그렇게 살았을 것이다.

손등이 아프면 손바닥도 아프다. 내 가족, 내 직장, 내 나라만을 강조한다면 결국 다른 나라 사람들, 다른 가족, 다른 직장의 아픈 일에는 무관심하게 된다. 아프고, 어렵고, 힘든 사람들을 돕는 것이 바로 내 가족, 내 직장, 내 나라를 돕는 것이다.

이렇게 생각해보면, 마음이 더욱 너그러워진다.

페이지를
넘기다

      '…이러다간 안 되겠다. 빨리 결정해야 한다. 안 그러면 발목 잡히겠다.'

    이런 생각으로 지난 몇 년을 보내는 중이었다. 한국 댄스 그룹 iKON의 잘 알려진 노래 '사랑을 했다'를 개사해서 부르곤 하면서,

    사업을 했다, 우리가 만나

    기쁨과 보람찬 추억이 됐다.

    사람을 돕는 일들, 괜찮은 성장

    그거면 됐다, 이다음 페이지는?

    2018년 한 해 동안 나는 이 노래를 부르며 인생의 새로운 페이지를 넘기려고 했다. 2012년 10월에 케냐에 온 이래 만 육 년간 동아프리카권과 일부 중남부 아프리카를 다니면서 현장조사를 하고, 밀알복지재단 케냐를 설립하고, 나이로비, 마차코스, 키수무 등지의 다양한 취약계층을 대상으로 사회복지사업을 잘하고 있었다. 사업은

매년 확장되고 직원들의 숫자도 늘어났다. 직장인으로서 계속 안주하는 일만 남아 있었다. 오십 대 초반이면 은퇴와 노후를 염두에 두어야 하는 시기다.

미국 유학을 마치고 다시 돌아온 아프리카의 국제개발과 국제사회복지의 현장에서 전문가로 일한 지 육 년쯤 되니까 미국에서 공부한 사회복지 지식이 바닥났다. 한 분야의 사업 사이클을 이해하면 그 일을 잘하게도 되지만, 더는 재미가 없어지기도 한다. 내 경우는 전자와 후자가 합쳐졌다. 일은 잘되어 갔지만 내 속에서는 갈증, 즉 학문에 대한 갈증이 더 심해지고 있었다. 현재의 역할은 다했으니 그다음은 무슨 일을 해야 하나 고민했다. 조금 여유가 있으면 무슨 공부를 할까, 어느 대학원으로 갈까, 어느 나라에서 공부할까, 조사하고 있는 나를 발견했다.

앞에서 나는 여러 번 인생의 몇몇 시기에 도망쳤다고 했다. 도망했다는 말을 자기계발적 관점에서 다시 접근해보면, 인생의 새로운 장을 열었다는 뜻이다. 케냐의 이야기를 마무리하고, 나는 간절히 학문의 세계로 들어가는 다음 장을 열고 싶었다. 나에겐 인생의 특정 이벤트가 마무리되는 시점을 명확하게 매듭짓는 버릇이 있다. 좋게 말하면 끝맺음을 잘하려고 하는 것이다. 어떤 일은 애매하거나 우연히 시작되기도 하지만, 대부분의 일은 끝맺음이라는 형태를 띠게 된다. 나는 만학도로 삼십 대 후반에 대학에 입학해 학사와 석사를 마쳤다. 제도권 교육 과정에 남아 있는 박사 공부를 해서 학문적으로 끝맺음을 하고 싶었다. 아프리카에서의 편안한 직장생활과 정기적인 월급에 기대어 있다가는 곧 할머니가 될 것 같았다.

그해 4월 한국에서 일정을 진행하던 중 내 고민을 해결하는 데 결정적인 도움을 받을 수 있었다. 미국에서 공부할 때 만났던 윤혜경 박사가 "우리 학교에 오세요. 문화인류학적 관점으로 접근한 선교학 공부를 해보세요"라고 적극적으로 입학을 권하는 것이었다. 권했을 뿐 아니라, 어떻게 해야 할지 두리번거리는 나를 위해 그녀는 직접 실행에 나섰다. 다음 날 아침, 바로 백석대학교 기독교 전문대학원의 손동신 교수님을 연결해준 것이다. 지방에서 서울로 이동하는 차 안에서 손 교수님과 갑자기 통화가 이루어졌다.

"아이구… 목소리가 기억나네요. 방송에서 하시는 이야기 들었습니다. 우리 학교에서 공부하고 싶다고요?"

"네, 교수님, 저를 기억해주셔서 감사합니다. 더 늦어지기 전에 공부하러 가야 할 것 같습니다. 차일피일 미뤄왔는데… 결정을 해야 할 것 같습니다. 도와주시면 감사하겠습니다."

뜻하지 않게 나는 전화로 담당 학과 교수님과 면접을 보게 된 셈이었다. 손 교수님은 몇 가지 질문을 해왔고, 나는 준비한 듯이 답했다. 2019년 2월의 입학을 목표로 준비하기로 하고 통화를 마쳤다. 십여 년간 고민했던 것에 비하면 너무도 싱겁게 해결이 된 셈이었다. 나는 이것이 공부할 수 있는 기회라고 믿고 큰 기대나 고민 없이 이 대학원으로 진로의 방향을 잡았다.

"9월 말로 재단을 그만두기로 했어. 한국으로 가서 대학원 공부를 하려고."

가까운 친구에게 이 말을 하자 "해영 씨가 공부하러 안 가면 아마 죽을 때, 마지막 말은… 공…. 부… 해야 돼…"일 거라고 웃으면서 말했다. 공부가 죽기 전 소원이란 말이었다. 살아 있을 때 하고 싶은 일을 해보는 것이다. 나이, 형편, 환경, 여건 등을 다 따지다 보면 죽기 전에 못 할 일만 더 많이 쌓일 것이다.

이 글을 쓰는 즈음에 <이상한 변호사, 우영우>가 세간의 화제가 되었다. 무엇인가 번뜩이는 아이디어가 떠오르면 주인공의 머릿속에는 고래 한 마리가 뛰어오르곤 했다. 나의 경우는 손 교수님과 통화를 마치자, 머릿속에 아프리카 초원에서 우렁차게 달려오는 코끼리가 떠올랐다. 컬럼비아 대학원을 졸업할 때부터 가졌던 바람은 더 공부하는 것이었다. 나는 공부의 아름다움을 좋아했다. 일상이 배움의 날이었지만, 학문적 교육과정을 밟으면서 쌓아야 하는 학위 과정을 마침으로써 그 즐거움이 배가 될 것을 기대하고 있었다.

이제 그 기회가 온 것이다. 초원의 코끼리를 본 후에 나는 밀알복지재단에 사직서를 제출했고, 그해 9월 말에 귀국했다. 그러곤 인생의 다음 페이지를 넘기고 새로운 장을 열었다.

사람들은 "어떻게 살아야 해요?"라고 묻는다. 자신에게 묻기도 하고 주위 사람들, 전문가들, 친구들, 부모님에게도 묻는다. 나도 내 인생을 어떻게 살아야 할까 고민하던 시기에 주위에 물어보았다. 그리고 주위 분들의 도움으로 새로운 길을 찾았다.

나는 대학생을 대상으로 특강도 하는데, '산 자에게 묻고, 죽은 자에게서 배우라'라는 제목의 강연도 여러 번 했다. 살아 있는 사람들을 돕고, 또 내 주변의 살아 있는 사람들이 나를 도와주었다. 이제, 죽은 자들에게서 배우기 위해 다시 대학으로 돌아갔다.

이 나이에
무슨 공부를!

　　　　수년 전 독일 함부르크에 계시는 김혜진 선생님으로 부터 소식이 왔다. 김 선생님은 약 40년 간 피아노 교습을 통해 많은 학생들을 가르쳤는데, 그녀의 학생 중 아흔 살 할아버지 학생에 대한 소식이었다.

　그녀의 말에 따르면, 예순 살에 은퇴한 한 독일 할아버지가 어느 날 '피아노를 배우고 싶다'며 찾아왔다고 한다. 이 할아버지는 매주 한 번 정해진 레슨 시간에 김혜진 선생님 댁에 와서 피아노를 배웠다. 그는 어떤 곡을 주어도 반드시 연습해 왔고, 수업 시간을 빼먹는 일이 없었다. 이렇게 피아노 배우기를 삼십 년을 했다. 아흔 살이 된 할아버지는 자신의 생일날 친구들, 가족, 지인들을 초대해서 피아노 연주회를 열었다. 할아버지와 피아노 교사의 성실함을 바탕으로 이루어진 연주회였다.

　이 이야기를 전해 들으면서 무언가를 배우고 가르치기 위해 적지 않은 삶의 시간을 보낸 그분들의 모습이 감동으로 다가왔다. 이 나이에 무슨 피아노를 배워, 하고 어느 한쪽이라도 그런 생각을 했다면, 아흔 살 할아버지의 피아노 연주회 같은 일은 일어나지 않았을 것이다.

'이 나이에 무슨 공부를'이라는 말을 많이 한다. 특히, 한국 사람들은 나이가 많든 적든, 무슨 일을 하려면 공부부터 해야 하는데, 그 앞에 수식어처럼 '이 나이에…'를 붙인다. 심지어 이십 대 중반에도 말이다. 그 말을 들으면 정말 그 일을 하고 싶은 걸까? 공부가 하기 싫은 것은 아닐까? 하고 속내가 무엇인지 궁금해진다. 몇 가지 질문을 하고 답을 들어보면, '이 나이에…'란 말 속에는 망설임, 보류, 핑계 등의 뜻이 담겨 있다. 물론 기대, 꿈, 희망, 하고 싶은 욕구 등이 그 단어들의 뒷면에 있다고도 볼 수 있다. 관용구처럼 쓰이는 '이 나이에…'를 빼면, '무슨 공부'가 남는다.

"무슨 공부를 할 것인가?"

이렇게 질문해보면 자동적으로 실용성과 경제성을 근거로 한 공부를 생각하게 된다. 그 공부를 하고 나면 그걸 어디에 써먹을 수 있을까, 경제적 수입으로 연결할 수 있을까? 라는 근거가 공부해야 하는 일차적 이유가 된다. 특히 오십 대가 지나 경력이나 직업을 전환하고자 할 때는 더욱 그렇다. 아동기와 청소년기의 의무교육이야 정해진 대로 받으면 되었고, 대학 이상의 교육은 미래를 위한 보험이었다. 십 대와 이십 대 때 그렇게 원했던 직업을 갖고 사회의 구성

원이 되고 나서야 '내가 하고 싶었던, 또는 하고 싶은 공부는 무엇인가?' 하고 돌아보게 된다.

나도 위와 비슷한 이유로 학업을 선택할지 고민했지만, 중요한 차이는 실용성과 경제성은 저울질하지 않았다는 점이다. 직업의 전문성을 확보하기 위해서라도 사회복지학 박사과정을 선택했어야 한다. 하지만 나는 다른 생각을 했다. 사회복지를 포괄하는 문화 인류와 역사를 공부하고 싶었다. 아프리카권을 기반으로 인생을 살아왔으니, 가장 공부하고 싶은 것은 아프리카권의 문화인류학적 내용들이었다. 노년 이후의 삶에서 재미있게 일할 수 있는 분야라고 생각했다. 그렇게 공부의 방향과 내용을 생각하고 있을 때, 뜻하지 않게 백석대학교의 손동신 교수님과 연결되었고, 그 학교 대학원에 지원하게 되었다.

박사과정 공부를 위해 대학원에 들어갔을 때 내 나이는 오십 대 초반이었다. 시쳇말로 그 나이에 공부해서 무엇 하려고! 하는 나이였다.

아프리카와 미국을 거친 이십팔 년간의 외국 생활을 정리하고 한국의 대학원 교실에 들어가니, 나는 중간 정도 나이의 청년 그룹에 속했다. 나보다 나이 있는 언니, 오빠들이 더 많았다. 물론 내가 다닌 학교에선 그랬다. 대학원에 입학하고 총 여섯 학기 삼 년 과정에서 선수과목 학점과 졸업에 필요한 총 사십팔 학점을 이수했다. 손동신 교수님의 지도하에 <케냐 무허가 정착지 취약계층 선교방안> 논문으로 선교학 박사학위를 받았다. 그 이후부터 기회가 되면 나는 이렇게 말한다.

"흠, 제 가방끈이 엄청나게 길어졌어요. 제 키보다 길어서 이제는 주섬주섬 긁어모아야 해요."

공부에
열심을 내는 이유

나는 왜 이렇게 공부에 집착하는 것일까.

초등학교 졸업 후 남의 집에서 일해야 했던 어린 시절부터 공부에 대한 갈증이 많았다. 식모 일을 하던 집은 큰 한옥에 한의원을 겸하고 있었다. 주인은 한의사 할아버지와 할머니 두 분이었다. 늦여름에 그 집에 들어갔는데 곧 겨울이 닥쳤다. 내 방은 불을 때지 않아 약재방 겸 환자 진찰실인 작은 방에서 잠을 자게 되었다. 잠을 자려고 누우면 약재 상자마다 적혀 있는 흰색 한문이 눈에 들어와 성가셨다. 궁금증이 생겼지만 읽고 싶어도 아는 글자가 없어서 안타깝기 그지없었다. 누워서 허공에 그려보기도 하면서 글자와 친해지려고 했지만 잘 안 되었다.

이건 무슨 글자일까? 저건 무슨 뜻일까? 매일 밤마다 한문을 바라보며 잠이 들었다. 그러던 어느 날, 청소하다가 붓글씨로 '天字文'이라고 크게 쓰여 있는 책을 발견했다.

"할머니, 이거 무슨 책이에요?"

"얘, 그거 한문책이란다. 천자문이라고 읽어."

"그럼, 할머니, 이 책을 공부하면 저 약재 상자에 쓰인 한문을 읽을 수 있어요?"

그때부터 도돌이표처럼 되풀이하던 국어와 영어 공부를 때려치우고 천자문을 공부해보기로 했다. 먼저 공책과 연필을 구했다. 그러곤 제일 첫 페이지에 있는 네 글자를 하루 종일 시간이 날 때마다 따라 썼다.

겨울과 봄이 지났을 때는 약 팔백 자가 넘는 한자를 익혔다. 밤마다 내 눈을 괴롭히던 정체 모를 한문 글자보다 더 많은 글자를 알게 되었다. 새로운 글자를 익히는 것이 쉬워졌고 빨리 기억되었다. 새롭게 배운 한문을 신문을 읽으면서 확인해나가는 재미가 제법 쏠쏠해서 아침마다 신문이 오기를 기다렸다.

남아 있는 글자 수를 세어볼 즈음에 식모 일을 때려치웠다. 그 집에 오는 반상회보에서 '무료 직업학교 훈련생 모집'이라는 광고를 보고 나서다. 나는 '기술을 배워야겠다'라고 마음먹었다. 엄마에게 쫓겨나서 갈 곳 없는 나를 받아주신 주인 할머니는 나를 만난 첫날 이렇게 말씀하셨다.

"애야, 네 월급은 삼만 원이란다. 먹고 자고 지낼 거니까 만 원을 제하고, 이만 원을 받게 될 거야."

그 당시 나에게는 돈을 모으는 것이 중요한 것이 아니었다. 천자문을 익히면서 세상의 이치를 조금 깨달은 까닭이었다. 비록 식모로 일했지만, 천자문을 익혀서 그 집을 나왔다.

작은 배움은 공부를 왜 해야 하는지 깨닫게 해주었고, 또 다른 공부의 문을 열고 들어가는 데 중요한 열쇠가 되었다. 공부는 이렇게 인생을 스스로 개척하는 데 힘이 되어주었다.

작은 일이 기적을 만든다고 했던가.

정규 학교에 다니지 못해서 배움이 더 간절했고 더 배우려고 노력했다. 하루 열두 시간에서 열네 시간씩 이어지는 단순노동 생활은 무척 힘들었다. 더욱이 신체적 장애가 있어 그러한 노동을 감당하기가 더 힘들었다.

책을 들고 무언가 배우고 있을 때만 털실 먼지 날리는 공장 생활과 중노동으로 인한 육체적 고통을 잊을 수 있었다. 배움은 암담한 현실을 견뎌나가게 해주었을 뿐 아니라, 나로 하여금 내가 새로운 지식이나 교양을 가진 사람이라는 자각을 갖게 해주었다.

영어 발음을 익히고, 단어를 암기하려고 노력하는 동안, 내가 생활하는 환경이 바뀌어갔다. 기술자로서의 위치도 바뀌어갔다. 기초 영어를 독학하고 있을 때, 앞으로 무슨 일을 할지, 어느 나라로 가서 살지 전혀 생각해본 적이 없었다. 그냥 새로운 것을 배우고 익히는 그 자체가 좋았다.

나는 십 대 때 우연한 기회에 《사서오경》 열두 권짜리 전집을 사게 되었다. 그 책들을 한 권씩 읽어갈 때마다 내가 사는 환경은 바뀌어갔다. 이 책들이 내게 준 가장 큰 교훈은 엄마와 형제와의 올바른 관계에 대한 가르침이었다. 그 책들을 읽은 것은 집을 떠나와 혼자 살기 시작한 지 삼 년이 지났을 무렵이었다. 사회적인 성공을 거두고, 어찌하여 부자가 되거나 인생이 개벽한다 해도 한 사람이 올바른 삶을 사는지 아닌지는 그의 부모와 형제 그리고 가족 관계에서 비롯된다는 것을 책을 통해 깨닫게 되었다. 그리고 이런 깨달음과 함께 기술을 배워 직장생활을 하면서 자신감도 얻게 되었다.

공부가 바로 이런 것이었다. 내가 그 시절 한의원 집에서 비록 식모살이를 할지라도 한자 공부에 눈뜨지 않았다면 지금의 내가 있었을까. 배움에 대한 열망은 그때부터 시작되었다.

결과를 두고 본다면 나는 매우 성공 지향적이며 그것을 추구하는 사람으로 보이기도 할 것이다. 목표한 바를 이루는 성취도가 매우 높은 데다, 결과가 그러하기 때문이다. 아직 인생이 더 남아 있긴 하지만 지금을 기준으로 내 인생을 종합해보면 그렇다. '초졸 학력, 열네 살 가출 소녀 해영이'를 떠올려보면, 한 사람의 인생에서 성취하기 어려운 것들을 이루었다고도 볼 수 있기 때문이다. 일정 부분 성공하고 싶은 내 안의 동기도 있었을 것이다. 그것을 부인하면 안 될 것이다. 한편, 이렇게 가련했던 소녀 해영이를 키우고, 계속 앞으로 나아가게 한 동인은 무엇이었을까?

베르나르 베르베르는 그동안 존재하던 신비적 교의가 종말을 맞았다고 선언했다. 그가 말하는 신비적 교의란 소수의 식자가 지식을 독식하던 시대를 말한다. 누군가가 전해주는 지식을 받아먹고 살았던 옛날 시대로부터 더는 비밀이 필요 없는 시대이자 오로지 깨닫고 싶어 하는 자만이 깨달을 수 있는 지금의 시대가 되었다고 보는 것이다. 그는 '알고자 하는 욕구'야말로 인간을 앞으로 나아가게 하는 가장 강력한 동인이라고 말한다.

그의 선언에 천 퍼센트 동의한다. 나는 어떤 환경에 놓여 있든지 주변과 사물과 일들을 궁금해했고 알려고 했다. 그러한 호기심이 정규 공부까지도 마치게 한 셈이다. 내 호기심의 범위가 제한되어 있지 않고, 공간과 시간 속에서 대체로 바람직하게 확대되어온 것은 다행이라고 할 수 있다.

공부하는 동안 만학의 길을 가고자 하는 분들이 상담을 요청하거나, 어떤 새로운 일을 계획하는 사람들이 어떤 공부를 해야 할지 의견을 물어왔다. 그러면 나는 이렇게 말했다.

"공부 안 해도 그 시간이 지나고, 공부해도 그 시간이 지납니다. 주저하고 있는 동안, 지난 시간만큼 또 주저하게 됩니다."

점점 더
알게 되는 세상

　　배우는 과정에서 '도'를 깨닫는 순간이 있다. 캄캄한 곳에서 빛을 본 심정이라고 할까. 내가 기억하는, 공부하는 동안 도가 튼 순간은 여러 번 있었다. 석사과정을 공부할 때다. 깨알 같은 소논문을 읽다가 혼자 눈물을 줄줄 흘린 적이 있었다.

　'아니, 시나 소설도 아니고 논문을, 그것도 영어로 된 논문을 읽다가 울다니…. 너무 나갔는데요.'

　이렇게 말할 독자도 있을 것이다. 내가 생각해도 정말이지 왜 그랬나 싶다. 아프리카에서 일하는 지금, 그때를 떠올린다. 컬럼비아대학교 사범대는 사회복지학과 건물과 마주하고 있다. 캠퍼스 안에서 가장 오래된 건물 중 하나다. 고풍스러운 붉은색 벽돌 건물이다. 일 층 로비는 조용하고 고즈넉한 데다 긴 소파가 있어서, 장시간 앉아 있을 때 느껴지는 허리 통증을 줄일 수 있는 적당한 장소였다.

　나는 저녁마다 읽을거리를 들고 이곳으로 갔다. 어느 날, 긴 소파에 비스듬히 기대앉아 네 시간째 논문을 읽고 있었다. 배가 고팠다. 챙겨 온 바나나를 먹고, 다시 또 읽기 시작했다. 밤 11시 20분이었다. 그러던 중에 아프리카 이야기를 읽게 되었다. 그런데 읽으면서 나도 모르게 눈물이 흘렀다. 거기가 어떤 곳이었던가!

허다한 생명이 그 가치를 알기도 전에 스러져가던 곳. 나 자신조차도 죽을 뻔했던 일이 다반사였던 곳. 스스로 돕기에는 너무 척박해서 가진 자들을 향해, 배운 자들을 향해 간절한 도움의 손길을 바랄 수밖에 없는 땅이 아니던가.

그 땅을 다녀왔던 가진 자, 배운 자가 글을 통해 지성을 일깨우고 있었다. 자신의 욕심만을 채우려고 사는 사람들만 있는 줄 알았는데, 이러한 사람들이 있었구나. 눈물이 났다. 아프리카 사람들 때문에 눈물이 났고, 선하고 양심이 있는 지성인의 태도에 눈물이 흘러내렸다. 그 지성인들은 지금도 끊임없이 이 지구상의 다른 사람들을 위해 돌아다니고, 기사를 쓰고, 글을 쓰고, 연구하고 있다.

눈물은 감동과 감격 때문에 흐르는 것이었다. 아프리카에서 살다 온 나로서는 그 한 사람, 그 지성인의 목소리가 얼마나 큰 힘이 있는지를 피부로 느끼고 있었다. 그곳에서 십사 년 동안 피 터지게 싸우고 살며 애태우다가 보낸 세월보다 그렇게 한 사람의 지성인이, 객관적이고 논리적인 말로 또 다른 사람들을 설득하고 있는 글을 읽은 것이다. 그때 내 눈을 덮고 있던 희미한 꺼풀이 벗겨지는 것과 같은 감동이 일었다.

'이거구나. 이것 때문에 공부를 해야 하는 거구나. 이 길고 지루한

시간을 참고 견뎌야 하는구나.'

이 깨달음은 왜 이렇게 힘들게 공부해야 하는지를 한순간에 일깨워주었다. 아프리카를 잠시 다녀간 사람도 지성을 바탕으로 인류의 양심을 일깨우고 있다. 하물며 그곳에서 살다 온 사람이 지성을 바탕으로 말한다면, 이보다 더 큰 힘이 되는 게 어디 있을까! 공부해야 한다. 아프리카에서의 그 많은 날의 안타까움을 울분과 흥분이 아니라 객관과 논리를 가지고 서술할 수 있어야 한다. 이것이다. 지성인으로서 연구하고 문제를 해결할 수 있는 더 큰 세계가 눈에 보였다.

학문하는 일이 인간 생활에, 인류의 발전에 어떠한 영향을 미치고 있는지 한눈에 이해가 되었다.

미국에서의 공부는 영어가 짧은 내가 영어로 공부해야 하는 과정이자 짧은 시간에 엄청난 공부의 양을 소화해야 하는 과정이었다. 그래도 이 과정에서 받은 학문적 도전은 돈으로 환산할 수 없는 것이다. 나의 경우는 이 과정을 거치면서 개명천지 했다고 말할 수 있다. 사회복지사가 되기 위해 공부하는 것이 아니라 나의 지성을 일깨우고 더 나아가 인류의 양심을 일깨우기 위해서 공부해야 한다는 것을 분명히 깨달았다.

캄캄한 학문의 세계에 기꺼이 발을 들여놓았다. 한 단어에 집중하고 한 문장 때문에 몇 시간을 고민하면서 구체적이고 논리적으로 사고를 발전시켜가는 그 과정의 아름다움을 체험했다. 눈물이 어릴 정도로 행복했다. 정말 학문하고 있다는 기분이 들었다. 딱딱하고 재미없는 논문을 읽다가도, 내가 써놓은 노트를 읽다가도 마치 희뿌연 안개가 눈앞에서 사라지는 것같이 개명되는 느낌을 받았다.

아! 이런 것이 배움이구나. 생각을 발전시키고 연구하는 것이 이런 거구나! 하고 거듭 깨달았다. 타고난 집중력과 문제를 파고드는 내 성격이 연구하고 리서치 하는 일에 잘 맞는다는 생각이 들 정도였다. 그 지루하고 답답한 과정을 즐기면서 했으니 말이다.

사람들은 나이가 들어 공부하는 일이 힘들지 않냐고 자주 물어온다. 그런 점을 대단하다고 여기는 듯했다. 돌아서면 잊어버리는 어른들의 기억력이니만큼 나 역시 별 차이 없는 보통의 기억력을 가지고 있는 사람이다. 이러한 과정들을 잘 마칠 수 있었던 것은 나를 믿어주는 사람들의 믿음을 저버리지 않으려는 노력이 앞서서였다. 더욱이 전통적 교육 과정을 거치지 않은 채 아프리카에서 일하면서 느꼈던, 무의식 깊숙이 자리했던 무지에 대한 처절하고 안타까운 자격지심을 비로소 벗어던지게 되었다. 알지 못해서, 배우지 못해서 얼마나 많은 고통과 손실과 눈물과 아픔이 따랐던가! 저절로 공부가 되지 않을 수 없었던 셈이다.

등줄기를 타고 흘러내리던 그 서늘한 느낌.

잘 알지도 못하는 남의 나라에서 학생을 가르친 일과 학교를 운영한 일, 사람들을 경영한 일.

다른 사람의 인생을 책임지는 일과 그들의 시간을 맡아서 가르치는 일은 등줄기에 서늘한 그 무엇이 흘러내리는 느낌이 들게 했다.

아프리카에서, 사막에서, 오지 어느 곳에서, 내가 무엇을 한들, 그 누가 알아주겠는가 하는 생각이 들 때도 있었다. 그러나 내가 떠나고 내가 죽고 나면, 이 자리에 함께했던 책임감이 남는다는 것을 알고 있었다. 그 책임감을 성실함으로 메우기에는 학문적 소양이 많이 부족했던 때다. 천만다행으로 이를 만회할 인생의 기회가 주어졌으니 얼마나 감사한 일인가.

4장

잠시, 쉬었다 가도 괜찮아!

힘을
빼세요

　　유명한 사람을 가까이서 만나게 되면 설레는 감정을
갖게 된다. 사람들은 미디어를 통해 잘 알려진 사람을 보거나 만나
면 신기한 감정과 놀라운 마음, 그리고 좋아하는 사람이라면 반가
운 마음마저 갖게 된다. 마치 내가 그를 잘 알고 있듯이, 그 사람도
나를 잘 안다고 생각해서 난데없이 반가운 마음을 표현하게 된다.
그날 나의 심정이 꼭 그랬다. 방송을 통해 잘 알게 된 '바로 그분'이
내 옆에 앉아 있는 것이었다. 게다가 이분과 함께 일주일을 뉴욕에
서 지내면서 방송 촬영을 한다니, 정말 말 그대로 설렘과 기쁨, 반가
움이 가득한 대박의 심정이었다.

　　당시, 나는 CBS 방송국의 <세상을 바꾸는 시간 15분>에 출연하게
되어, 미국 뉴욕 출연진들과 함께 녹화에 참여하고 있었다. 오전 일
정을 마치고, 점심식사 장소로 이동하는 차 안에서 내 옆에 앉아 있
던 '그분'께서 말을 걸어왔다.

　　"선생님, 제가 웬만한 사람의 강의를 들으면 눈물을 잘 안 흘리는
데 선생님 강의는 들으면서 눈물이 찔끔 났어요. 찔끔이요. <아침마

당> 잘 봤어요."

그러면서 손을 눈 끝에 갖다 대며 유쾌하게 웃는다. 그의 유쾌함에 나도 저절로 웃음이 나왔다. 처음 만난 분인데 이렇게 친근하게 다가오다니 하며 말이다. 이렇게 방송을 본 소감을 말해온 '그분'은 바로 우리가 잘 아는 김창옥 강사다. 2011년 6월 KBS <아침마당> 프로그램의 화요 초대석 시간에 약 삼십여 분간 출연해서 내 이야기를 한 적이 있었다. 생방송이라 무슨 말을 했는지 돌아볼 틈도 없이 끝난 그날의 방송을 김창옥 강사가 보았다며 소감을 말해준 것이다.

"아… 네, 감사합니다. 그 방송을 기억해주시다니요."

"선생님의 강의는 정말 좋았어요. 콘텐츠가 풍부하고 삶 속에서 겪은 이야기들이라서 힘이 있었어요. 그리고 타고난 음성이 강의에 맞춤이었어요. 정말 좋았어요. 하이 톤도 아니고 너무 낮은 톤도 아닌 청중이 듣기 좋아하는 편안한 음성을 갖고 있어요."

그는 내 강의와 나에 대한 칭찬의 말을 해주었다. 듣기 좋은 말이다. 그는 이어서 내게 물었다.

"저… 그런데… 선생님, 계속 대중강연을 할 생각이세요?"

"네. 기회가 되는 대로 할 생각이에요."

"그럼, 선생님, 코칭을 받으시면 더 강의를 잘하시게 될 거예요. 한국에 오시면 제게 연락주세요."

그러더니 그는 내게 명함을 건넸다.

자동차는 천천히 뉴욕 플러싱의 노던 선상을 달리고 있었다. 나는 그의 명함을 보면서 "강사님, 꼭 그렇게 하죠. 한데, 며칠 후 바로 십오 분간 제 이야기를 해야 하는데, 내용 정리가 안 되었어요. 한 시간 분량을 십오 분으로 줄이려니까 정말 힘드네요. 지금이라도 당장 도움이 될 만한 말씀 있으면 해주세요"라고 내가 당면한 문제의 해결책을 내달라고 부탁했다.

역시 그는 전문 강사였다. 잠시 이동하는 차 안에서 오직 나한테만 적용되는 강의를 해주었다.

"그럼, 선생님에게 도움이 될 만한 이야기를 해드릴게요."

그는 이미 내 강의와 내 삶에 대한 분석을 다 마친 듯했다.

"선생님 강의를 들으면서 저는 이런 것들을 생각했어요. 더 나은 강사가 되기 위해서 선생님은 앞으로 제 이야기를 주의하면 됩니다."

"네, 말씀해주세요. 잘 새겨서 듣고 실천하도록 하죠."

"먼저 선생님, 삶에서 힘을 빼세요. 지금까지 정말 열심히, 진짜로 열심히 잘 살아오셨어요. 그렇죠? 얼마나 열심히 살아왔는지, 그 비장함과 성실함과 노력이 살에, 뼈에, 머리에, 말 속에 각인되어 있어요. 그런데… 이제부터는 열심히 살지 마세요. 손과 몸에서 힘을 빼고, 말에서도, 삶에서도 힘을 빼세요. 그래야 강의에서도 힘이 빠져 듣는 사람들이 편안해질 거예요."

나는 흠칫 놀랐다. 그분은 '더 열심히 하셔서 좋은 강사 되세요'가 아니라 열심히 살지 말라고 말하고 있었다. 내 눈이 커졌다.

"열심히 살아온 사람이 대중강연을 하게 되면, 처음에는 '오, 그래' 하고 같이 힘주어 들어주지만, 그다음에는 힘들어서 더는 듣고 싶어 하지 않게 돼요. 선생님의 경우, 대충 살고, 게으름도 부려보고, 열심히 안 살기도 하면, 몸과 말에서 힘이 빠져서 대중들도 선생님의 이야기가 듣기 편안해져요."

그 뒤로도 김창옥 강사는 강의할 때 설교하지 마라, 교육하지 마라, 발표하지 마라, 보고하지 마라 등의 이야기를 더 해주었다.

"그럼 어떻게 하죠? 발표도, 교육도, 보고도, 설교도 하지 말라면? 어떤 식으로 대중에게 말하죠?"

"이야기하는 거예요. 강의장에서 눈에 들어오는 딱 한 사람 짚어서, 그 또는 그녀에게 이야기하듯이 말하는 거죠."

이제 막 대중강연을 본격적으로 시작한 나는 이 말들의 무게가 어떤 것인지 직감으로 알아들었다. 대중강연과 관련한 훈련이나 공부를 아직 해보기 전이어서, 서서히 찾아오는 기회들 앞에서 헤매고 있던 차였다. 무엇보다도 있는 힘을 다해 살아온 내 인생을 꿰뚫어본 그의 혜안이 고마웠다. 내가 잘되기를 바라면서 조언해주는 그의 태도가 고마웠다. 말 한마디는 천 냥 이상의 값어치가 있는 법이다.

당연히 며칠 후에 진행한 녹화는 내가 생각해도 기막히게 잘되었다. 내 인생 이야기를 일 분이든 혹은 열 시간이든 그에 맞춰 강의할 수 있는 능력이 조금씩 생기기 시작했다. 김창옥 강사 덕분이다.

너무 맑은 물에는 고기가 살지 않는다는 말은 이러한 경우에 적용할 수 있을 것이다. 너무 날이 서 있으면 그 위험성 때문에 곁에 다가오는 사람이 얼마 없다. 대중강연을 하는 사람이라면, 결국 폭넓은 인간 이해를 바탕으로 강의해야 한다. 지금까지의 삶의 방식을 바꾸라니. 그것도 마이너스 방식으로 바꾸어야 한다니. 그래도 나는 그 말에 반대하지 않고 오히려 수긍했다. 이 말을 들은 후부터 내 인생에서 자연스럽게 힘 빼기가 될 때까지 연습했다. 일도 설렁설렁 해보고, 내가 하는 실수도 빨리 용서해주었다. 게으르게 빈둥거리는 시간도 가졌다.

사람들은 내가 숨도 안 쉬고 계속 뭔가를 하는 사람인 줄 안다. 지금의 나는 잠시 쉬어가는 법을 알고 있다. 인생은 앞만 보며 달려갈 수 없는 무엇이기 때문이다. 그래서 숨 고르기가 필요하다. 다시 말하지만, 나는 항상 열심히 달리기만 하지는 않는다. 무엇인가 이루려고 애쓰지도 않고, 일이 잘 안 되어도 문제 될 것 없다.

나는 인생을 살면서 힘 빼기를 해야 한다는 말이 무엇인지 이해하는 사람이 된 것을 다행으로 여기고 있다.

숨 한번
크게 길게
쉬어보기

"퓨휴~~~~~~~~~~~~~~~~~."

하얀색 소복을 차려입은 한 여인이 크고 길게 한숨을 내쉬었다. 그녀의 한숨이 얼마나 크고 길었는지 어느새 나도 그렇게 긴 숨을 따라 쉬고 있었다. 그녀가 긴 한숨을 뱉어내는 동안 내 눈에는 눈물이 고였다. 고인 눈물은 이내 뚝뚝 떨어져내렸다. 그 여인은 남편과 아들을 연달아 모두 잃었다. 아들을 묻고 돌아와 아들이 좋아하는 막대사탕을 들었다. 여인은 하소연인지, 독백인지, 중얼거리듯 말하더니 갑자기 크고 긴 한숨을 다시 내뱉었다. 그리고 이렇게 말했다.

"하… 이제 조금 숨을 쉴 것 같다. 하… 이제 조금 살 것 같다."

2018년 가을에 나는 호주의 퍼스Perth에 가 있었다. 호주 전역에서 모여든 한국인 남녀 청년 유학생들이 3박 4일간 수련회에 참가하고 있었고, 나는 강사로서 그들과 함께했다. 수련회 마지막 날 오전부터는 참가한 학생들과 강사들의 장기자랑 시간이 이어졌다. 강사들이 먼저 무대에 올라와 재능이나 장기를 뽐냈다. 나의 룸메이트인 여성 강사가 하얀색 소복을 입고 무대에 올랐다. 지난 며칠간 친해지긴 했어도 깊은 대화를 나눌 기회가 없었다. 보통 수련회에 가면 시간표에 따라 바쁘게 움직여야 하는 데다 자투리 시간에도 찾아오는 청년들을 만나야 했기 때문이다.

장기자랑을 하러 무대로 올라간 그 룸메이트 강사가 배우로 참여했던 한 연극의 일부를 보여주겠다며 독백을 시작했다. 일순간 관중석에 자리한 우리 모두는 진공 상태가 되었다. 그녀의 숨소리, 말소리, 몸짓에 온 신경을 집중할 정도로 그녀의 연극은 청중을 압도했다. 이야기를 이어가던 그녀가 갑자기 마이크를 잡고 크고 길게 한숨을 내쉬었다.

험악한 세상살이를 우리는 '숨 가쁘게' 살아왔다고 표현한다. 매우 짧은 연극으로 우리에게 감동을 준 강사는 김미림 뮤지컬 연극배우다. 나는 진심으로 그녀의 연극에 감동했다.

밤에 숙소로 돌아와 그녀와 이런저런 이야기를 나누다가 그녀의 크고 긴 한숨이 연극이 아니라 실제 그녀의 인생에서 비롯되었다는 걸 알게 되었다. 진정성 가득한 그녀의 연기는 크고 긴 한숨을 쉬면서 체득한 삶에 기반을 두고 있었다. 그녀는 이십 대 초반 한창 연극인으로 재능을 펼치고 있을 때, 건강에 이상이 생겼고, 수년간의 투병 기간을 거쳐 겨우 일상을 회복했다고 한다.

그녀는 한때 시각장애가 발생해서 투병하기도 했던 드러머 리노를 만났다. 시력을 회복한 리노는 드럼을 치는 사람이라면 알 만한, 세계적으로 인정받는 뮤지션으로, 드러머로서의 재능을 마음껏 뽐내고 있다. 퍼스에 다녀온 이후 두 사람은 결혼했다.

우리는 퍼스에서 처음 만났지만, 동지가 되었다. 살아온 길과 인생 경험의 결이 비슷해서 우리는 '내 모습을 한 상대방 동지'를 금세 알아본 것이다.

어느 날, 탄자니아의 잔지바에서 우물을 파려고 하는데 돈이 부족했다. 그래서 도움을 요청하는 내용을 개인 소셜미디어에 올렸다. 그러자 리노 부부가 바로 연락해왔다.

"선생님, 기한까지 모금이 안 되면 알려주세요. 저희가 보내드릴게요."

시간이 지나도 모금이 안 되자, 이 부부는 기꺼이 적지 않은 금액을 잔지바로 보내주었다. 이 부부의 성금으로 우물 하나를 더 팔 수 있었다.

내가 사랑하는 사람들은 이렇게 인생을 살며 한숨을 크고 길게 내쉬어본 경험을 소중히 여긴다. 소중하게 여길 뿐 아니라 살 만하다는 이유만으로 여전히 숨쉬기 어려워하는 많은 사람들에게 마음의 문을 열어둔다. 가쁜 숨을 몰아쉬다 보면, 다른 사람들이 안 보인다. 그때는 자신만 힘들고 고통이 끝없이 이어지는 듯하다. 잘못 살고 있다는 자책이 커져서 숨도 제대로 안 쉬어진다.

나는 그때 그녀의 그 한숨을 잊지 않고 있다. 이후 힘들고 어려운 시간을 만나거나 어려운 지경에 놓인 사람들을 만나면 이렇게 말한다.

"자, 우선 크고 긴 한숨을 쉬어보자."

아프리카의
별

생존에 충실한 자는 나아가기 마련이다.

세상을 향해. 주어진, 아직 남은 시간을 향해.

처음부터 다시 시작해야 하는 낯섦을 이기고,

자석처럼 등짝에 들러붙은 무기력을 이긴다.

새 출발을 위한 팡파르는 없다.

대단한 응원도 없다.

늘 멀어진 끝은 차고, 다가가는 시작은 따뜻하다.

그래서 나는 아프리카로 갔다.

오소희 작가의 《하쿠나 마타타 우리 같이 춤출래》의 일부다. 그녀의 이야기는 탄자니아의 다르살람Dar es Salaam에서 시작해서 우간다의 빅토리아 호수에 자리한 응감바 아일랜드Ngamba Island에서 끝난다. 제법 두꺼운 책에, 여행작가가 아들과 함께 여행한 동부아프리카의 모습과 사람들의 이야기가 잘 담겨 있다. 일상을 뒤로하고 떠난 아프리카에서 작가는 '나를 보았고, 그곳을 보고, 관계를 맺었으며, 내 것을 나누어 그곳을 더 아름답게 하는 여행을 했다'라는 글로 이야기를 마감했다. 나는 작가가 본 멀어진 끝은 별빛이고, 다가가는 별은 사람들이라고 해석한다.

별, 즉 스타star라고 하면 캄캄한 밤하늘에 반짝이는 별과 상징적인 의미의 별을 생각하게 된다. 아프리카의 별은 이 두 가지 의미를 포함한다. 아프리카에는 쏟아져 내리는 별빛 무더기, 맨눈으로 정확하게 볼 수 있는 우윳빛 은하수milky galaxy가 있다. 아프리카 북부의 사하라 사막이나 남부의 칼라하리 사막 그 어디에서도 이것을 볼 수 있을 것이다.

도시화가 진행된 수도권과 도시의 불빛의 별은 잘 보이지 않을 수도 있다. 하지만 드넓은 아프리카 대륙 어디를 가든지 밤하늘 별빛은 그야말로 장관을 이룬다. 이 책에서 별은, '사람/사람들'이다. 그래서 이 책은 아프리카 사람들에 관한 이야기 책이다.

"케냐에서 별이 잘 보이는 데가 있을까요? 별 사진 찍으러 갑니다."

김도형 작가가 케냐에 다시 오는 목적을 말했다. 멋있다.

"사는 게 재미가 없다 아입니까. 소파에 누워 하루 죙일 리모컨만 돌리고 있으니까, 와이프가 아프리카라도 가라 안 그랍니까."

케냐에 도착해서 그가 한 말이다.

도형 작가는 예전에 보츠와나에서 별 사진을 찍은 적이 있다. 그 사진들은 지금 생각해도 신의 선물이었다. 구 년 만에 케냐에 다시 온 도형 작가는 이제 오십 대에 들어섰다. 한 이 주 정도 지나서 그가 이렇게 말했다.

"흠… 그러니까, 이제 확실히 알겠네요. 케냐의 안전한 곳과 안전하지 않은 곳을 어떻게 구별하는지…. 옛날에 아프리카에 처음 왔을 때는 긴장하고 조심하느라 사진을 어떻게 찍었는지 정신이 없었는데, 이번에는 다릅니다. 감 잡았심다."

"그래요? 어떻게 감을 잡으셨어요?"

"일단 넓은 대로와 상인들이 모여 있는 곳과 지역 주민이 모인 곳은 안전하고요…. 골목이나 많은 사람이 모인 곳은 위험해요. 절대 가면 안 됩니다. 상인들과 지역 주민은 손님이나 외부인을 보호하려고 한다는 것을 알 수 있어요. 그렇지만 낯선 대중이 모인 곳이나 외진 골목 등은 가면 절대 안 된다 아입니까. 그거는 바로 범죄의 대상이 되는 겁니다."

도형 작가의 관찰에 동의하며 다시 물었다.

"사진 찍기는 어떠세요? 그것도 감을 잡으셨어요?"

"네, 마… 그냥 아무것도 안 하고 가만있으면 됩니다."

그러더니 그는 온 얼굴로 웃으며 다시 말한다.

"마… 그 있잖습니까. 저희가 함께한 사진전의 제목, '아무것도 안 해도 괜찮아' 말입니더. 이제야 그 말이 이해가 된다 아입니까. 아무것도 안 하고 가만히 보고 있으면, 어느 순간에 아, 이것은 찍어야겠다, 하는 장면이 눈에 들어오는데, 그때 바로 사진을 찍으면 됩니다."

도형 작가의 말 한마디 한마디는 불혹을 넘긴, 지천명의 나이에 깨달은 생각과 말이다.

오소희 작가는 아프리카는 '여행자의 관념 속에서는 언제나 뜨거운 로망이지만 문명인의 관념 속에서는 두려운 미지의 검은 대륙'이라고 했다. 도형 작가가 처음 아프리카에 왔을 때는 로망과 두려움이 공존했을 터. 이번에는 그때의 로망과 두려움을 태평양 한가운데에 버리고 왔을 터. 더 나아가 안전한 곳과 사진 찍을 순간까지 감 잡았다니 정말 다행이다.

이 책을 읽는 대다수 독자에게 아프리카는 여전히 로망이거나 두려운 검은 대륙으로 인식되고 있을지도 모르겠다. 나는 이십여 년 이상 아프리카 음식을 먹고, 아프리카인들과 함께 일하고, 잠자고, 일어나는 삶을 살고 있다. 내게 아프리카는 더 이상 로망이나 두려움의 대륙이 아니라 그냥 내 삶의 터전이다.

케냐를 비롯한 아프리카는 외부인에게는 카오스chaos다. 이 혼돈의 공간 안에는 위험, 범죄, 강도, 테러 등의 사건과 사고들이 혼재하고 있다. 대부분의 아프리카 국가는 1960년대까지 제국주의자들의 욕망으로 인해 식민 통치를 받았다. 이제 정치적 식민 통치는 벗어난 듯하지만, 여전히 열강과 다국적 기업에 의한 경제적 식민지화는

가속화하고 있다. 밤하늘의 별은 빛나지만, 아프리카의 별들은 여전히 가난과 제도화된 빈곤, 질병, 문명의 불빛 아래서 빛을 못 내고 있다. 그럼에도 불구하고 이곳은 수많은 사람의 삶의 터전이다.

"작가님, 아프리카의 빈곤과 자연을 넘어, 자주적이고 힘찬 아프리카 사람들의 삶을 사진에 담아내면 어떨까요?"

내가 제안했다.

"당연하다 아입니까. 저도 그렇게 생각하고 있습니다."

도형 작가는 프리랜서로 바쁘게 살았던 지난 몇 년을 뒤로하고, 아프리카에 잠시 쉬러 왔다. 이번에는 삼 개월 일정으로 와서 아프리카의 삶의 터전에서 일어나는 다양한 모습을 카메라에 담았다. 도형 작가에게 한 말을 아프리카를 방문하는 사람들에게도 들려주고 싶다.

아프리카에 와서 사파리와 빈곤만 보면 안 된다. 마치 한국에 와서 휴전선과 제주도만 보고 가는 것처럼 말이다. 그러니 케냐든, 우간다든 아프리카의 한 자락을 방문한다면, 이곳 사람들의 삶을 깊이 있게 들여다보면 좋겠다. 아프리카 사람들의 삶에 공감하고 함께하는 마음이 든다면 큰돈과 시간을 들인 보람이 있을 것이다. 무엇보다도 아프리카의 매력적인 점은, 누구든지 잠시 쉬었다 가도록 초원과 호수와 정글과 해변을 마련해놓고 있다는 점이다. 기회가 되면, '아무것도 안 해도 괜찮아' 3편 사진전을 열 수 있지 않을까 기대해본다.

우리가 아는
언어

'높은 습도, 계속되는 열대야, 사방을 가득 메운 시멘트 건물들, 뜨거운 태양, 기습적으로 내리는 폭우….'

2022년 8월에 받은, 아프리카 말라위에서 십 년째 일하고 있는 장애인 개발 활동가는 위와 같은 글로 사업 관련 소식의 포문을 열었다. 역시 맞아. 아프리카는 덥지, 어휴… 그곳에서 고생이 많구나… 하는 생각이 들기도 전에 바로 이어진 다음 줄에는 이렇게 적혀 있었다.

'십 년 만에 경험하는 고국의 여름이 녹록지 않습니다. 물론 십 년 전에도 한국의 여름은 더웠지만 만나는 모든 분들의 한결같은 이야기는 이전보다 훨씬 더워져서 이제는 에어컨이 없으면 견디기 어려울 지경이라고 하네요.'

갑자기 기후변화로 인한 어려움이 훅~ 하고 실제로 다가온다. 이러다 한국이 아프리카가 되고, 아프리카가 한국이 되는 거 아니야 하고. 아프리카 중부는 적도를 지나는데, 이 적도를 기준으로 한국과는 계절이 반대로 바뀐다. 그러니까 한국이 여름이면, 아프리카

남동부 지역에 위치한 말라위는 건기로, 겨울에 해당하는 서늘한 날씨를 보인다. 위의 글은 '아프리카의 따뜻한 심장'이란 별명을 가진 말라위의 날씨가 아니라 한국의 여름 날씨를 기술한 것이다.

2022년 8월 소식지는 새로운 지역 두 곳에 통합교육센터를 건축 중이며, 각종 프로그램이 잘 운영되고 있다고 전한다. 장애·비장애 아동을 위한 통합 유치원 교육 사업, 성인 지체 장애인을 위한 보조기기 제작 및 배분 사업, 수화와 음악교실, 밴드 사업이 잘 진행되고 있으며, 카페 수익금으로 장애 학생들에게 장학금도 지급했으며, 지난 봄 농사한 콩과 땅콩을 수확하고 저장해 판매 준비를 마쳤다고 전한다. 한국의 소식을 읽으면서 현지 관계자들만큼이나 소식을 전해주는 분들의 마음이 뿌듯함을 느끼게 한다.

은코마Nkhoma 지역에 자리한 치소모 밀알센터Chisomo Miral Center의 장애인 회원은 약 백여 명이다. 이들은 각자의 관심과 재능에 따라 직업 교육이나 문맹 교육, 장애인식 교육 등을 받는다. 이들이 지역 내에서 자립할 수 있도록 센터는 지속해서 옹호하고, 교육하고 서로 연대하도록 돕고 있다. 이곳은 지역개발과 장애인을 위한 코이카KOICA 사업을 오 년간 수행하면서 개발 사업 기반을 든든하게 마련했고, 차근차근 체계적으로 말라위 장애인 개발 사업을 진행해나가고 있다.

'가 보지 않았으면 말도 마라'라는 말라위. 나는 말라위를 여러 번가 봐서 이 나라에 대한 애정이 크고 할 말이 많다. 그중에서도 우리만의 언어가 통하는 사람들이 있어서 좋다.

말라위에 가면 말라위 장애인들을 한꺼번에 만날 수 있는데, 그들과 나는 우리만 통하는 언어를 사용한다. 신체적 장애를 갖고 살아가는 사람들이 서로를 위해 사용하는 장애인의 언어가 여기서 통하고 있는 셈이다.

사실, 영어가 거의 안 되는 말라위 장애인들과 소통하려면 영어-치체와어Chichewa Language-수어 등의 과정을 거쳐야 하니 제대로 소통한다는 것이 무리이긴 하다. 그 언어들 사이 어딘가에 늘 한국어가 자리하는 것은 애교점이다. 그런 까닭에 우리는 우리만이 아는 언어로 소통한다. 장애인 센터의 회원들은 눈짓, 몸짓, 웃음, 미소, 박수, 악수, 포옹, 머리 만지기, 쓰다듬기 등으로 각자의 장애 정도에 따라 나와 소통한다.

나는 이런 모습들이 너무나 좋고, 행복한 마음까지 들기도 했다. 말라위를 방문할 때마다 센터의 장애인 회원들이 나에게 보여주는 친절, 관용, 받아들임의 정도는 아마도 나만이 느끼는 감정이라고 할 수 있으리라.

방문 중에는 센터 이용자인 장애인 회원들과 센터 직원들을 대상으로 특별히 특강을 해주었다. 강의를 듣기 위해 한 교실에 빼곡히 들어앉은 어린아이부터 노인에 이르는 장애인 회원들을 대상으로 무슨 이야기를 해줄까. 마음이 벅차오르며 가슴이 뛰는 순간이다. 청중과 교감하며 강의할 때, 강사는 보람을 느낀다. 강사의 말을 알아듣는 청중은 강의를 빛나게 해준다. 말라위에서 행한 특강 시간은 행복한 순간이었다.

센터의 지부장님과 회원들은 내게 감사의 표시로 장애인 회원들이 만든 천 가방을 선물했다. 어깨 길이를 조금 잘라 내 키에 맞추니 바로 내 것이 되었다. 수도인 릴롱궤Lilongwe에는 이 센터에서 생산하는 다양한 제품들을 판매하는 카페가 있다. 카페에 들러서 배낭과 몇 가지 선물을 더 구매했다.

우리 주변에 놓여 있는 물건들은 지나간 어떤 일들이 사물로 치환되어 자리하고 있다. 말라위를 방문하고 올 때마다 받은 선물이나 사온 소품들은 내가 그곳 장애인들과 소통한 순간들이 사물로 바뀌어 그곳에 있는 것이다. 방이나 거실, 혹은 사무실에 놓아두고 보면서 행복감을 주었던 말라위의 기억을 떠올리곤 한다.

아프리카 여기저기를 다녀온 흔적을 보면서, 바쁜 하루의 일상을 벗어나 잠시 쉼을 갖는다. 아이들은 잘 자라고 있을까. 시각장애인 할아버지는 아직 생존해 계실까? 미처 도움을 주지 못한 사람들은 누군가의 도움을 받았을까? 그러한 생각들을 하면서.

망고나무 아래
아이들

'이 도시의 미로에서 빠져나가지 못하면, 어느 순간 술탄 왕국의 어느 곳으로 가 있을 거야.'

잔지바의 스톤타운Stone Town은 수많은 갈래의 좁은 미로로 연결된, 오래된 석조도시다. 잔지바는 탄자니아 동쪽에 위치한 작은 섬이지만 유럽인들의 겨울 휴양지로 잘 알려져 있다. 이곳의 석조도시는 유엔이 인류문화유산으로 지정한 곳이기도 하다. 약 천 년에 걸친 세월의 때와 무게가 건물과 좁은 골목길에 켜켜이 쌓여 있다. 이러한 골목에서 혼자 서 있다가 든 생각이다.

며칠 전, 일행 분이 석조도시의 미로에서 길을 잃고 헤맸다고 한다. '조심해야지… 하면서도 도시 구석구석의 매력에 빠져 이곳저곳을 둘러보다… 내가 어디쯤 서 있지?' 하고는 고개를 두리번거리게 된다.

잔지바에 두 번째 갔을 때는 정말 운 좋게도 그룹 퀸Queen의 보컬인 프레디 머큐리Freddie Mercury의 생가에서 숙박할 수 있었다. 머큐리의 생가는 한 호텔이 인수해서 숙박시설로 운영하고 있는데, 바닷가 뷰가 아닌데도 괜찮겠느냐고 물어서 상관없다고 하고 들어가게 되었다. 호텔 입구에서부터 방으로 올라가는 계단에는 프레디 머큐리의 사진들이 걸려 있었다. 머큐리의 고향 잔지바는 예술가와 음악가들에게 영감을 제공하는 장소가 되고 있다. 섬을 둘러싼 바닷가에는 다종 다양한 수준의 리조트와 호텔, 민박 숙소 등이 자리하고 관광객을 받고 있다. 케냐에 있는 동안 휴가를 가게 되면 주로 잔지바로 간다. 친구들에게도 가보라고 꼭 권하는 곳이다.

사방이 바다인 이곳 잔지바에서는 다양한 열대 과일들이 풍성하게 난다. 주요 도로마다 망고나무가 즐비하게 늘어서 있다. 휴양지를 오가면서 그늘까지 드리운 망고나무 아래를 드라이브하는 것은 즐거움이다. 길게 늘어진 망고나무에 감탄하고 있는데, 안내하던 현지 거주 활동가가 말했다.

"망고나무도 잠깐 지나갈 때 보아야 좋은 거예요. 이렇게 망고가 많이 열리니까 오히려 사람들이 일하러 가려고 하지 않아요. 또한, 과일인 망고를 여기 아이들은 허기진 배를 채우려고 먹으니 건강에 지장이 있어요."

나는 어떤 곳을 방문하러 갈 때는 그 목적에 비교적 잘 따르려고 한다. 당시 이 말을 들었을 때는 현장조사 중이었다. 그 때문에 이 말이 갖는 의미를 충분히 이해할 수 있었다.

맞아. 망고가 풍성하게 나온다고 해서 가난한 이 섬사람들의 삶까지 풍성해질 수는 없는 일이지, 하고 말이다.

"그래요? 망고 한 개만 먹어도 우리는 배부르다고 하는데, 여기선 안 그렇군요. 현실은 어떤가요?"

"그렇죠. 어쩌다 망고 한 개만 먹거나 디저트로 먹을 때는 좋죠. 하지만 이곳 가난한 사람들에게 망고는 오히려 독약처럼 몸을 상하게 해요. 주변에 망고가 지천으로 널려 있다 보니(먹을 게 있으니) 일하러 가려고 하질 않아요. 하지만 망고만 먹고 살 순 없잖아요. 공부도 하고 일도 해야 하는데. 그리고 아이들에게도 망고가 주식인데, 이게 신체의 성장과 건강을 해치고 있죠. 참 안타까워요."

이렇게 말하는 활동가는 잔지바에서만 거의 이십여 년을 살고 있다. 이들은 이 섬의 구석구석을 다니면서 의료 지원 및 스포츠 개발을 통한 다양한 사회개발 사업을 한다. 이들은 고아 소년소녀들, 에이즈로 인해 삶의 터전을 잃은 과부들, 청년들 등을 대상으로 개발 사업을 하고 있다. 최근에는 병원개발 사업을 하고 있는데, 이번 여름은 병원에서 필요로 하는 기구들을 준비하느라 한국에서 보내고 있다. 이 활동가 부부는 올해 상반기에 잔지바 정부와 장애인을 위한 사업 개발과 관련한 업무협약을 맺었다고 한다. 내게도 사업 개발에 함께해 달라고 요청해왔다. 기쁜 요청이다.

잠시 아프리카를 방문하는 사람들과 관광객에게 망고나무는 맛있는 과일을 달고 있는 풍광으로 비쳐지지만, 그곳에서 사는 사람에게 망고나무는 오히려 가난을 벗어나지 못하게 하는 배경으로 작용한다. 잔지바에 대한 내 마음속 그림은 망고나무 아래 옹기종기 모여 있는 아이들의 모습이다. 회교 중심의 나라 혹은 지역의 특성에 비추어볼 때, 전통적 회교권인 잔지바는 정치사회적으로 여자아이, 소녀, 여성의 권리가 구조적으로 매우 제한되어 있다. 이들 중에서도 더 취약한 사람들은 고아, 장애아동, 에이즈로 인한 취약 가족 등이다. 이들은 그 망고나무 아래에조차도 모일 수 없다. 이들을 위해 무엇을 할 수 있을까? 다른 사람들, 먼 나라의 아이들을 생각하며 나는 잠시 숨을 고른다.

전쟁 중에도
희망은
피어난다

2018년 2월 약 열흘을 남수단 톤즈Tonj에서 보냈다. 엔지오 개발 단체의 현지 업무를 지원하기 위해서였다. 톤즈는 두 번째 방문으로, 현지 업무를 지원하고 톤즈의 엔지오 사업 현황을 파악하기 위해서였다. 남수단을 갈 때마다 나는 두 가지를 크게 염두에 둔다. 거긴 전쟁이 진행 중이라는 사실과 실탄을 장전한 가이드 없이는 다니지 말라는 점이다. 두 번째 톤즈에 갈 때는 일행이 모두 네 명인 데다 일정이 급하게 조정되어 케냐에서 전세 경비행기를 타고 들어갔다.

남수단 현지 교육개발 사업은 난항을 겪고 있었지만, 점차 유치원에서 초등학교로 학급을 하나씩 늘려가고 있었다. 사업한 지 십 년쯤 되었던 그해, 현지 사업 책임자들에게 많은 부분을 위임하고 지역 유지들을 초청해 현지 사업 위임을 공식화하는 모임도 가졌다.

그렇게 일이 조정되었는가 싶었던 어느 날, 톤즈에서 이메일이 왔다. 그때는 나도 이미 아프리카를 떠나 한국 대학원에서 공부하고 있던 때다. 남수단 사업의 현지 실무 책임을 맡고 있던 아볼이 오인 사격으로 인해 농장에서 목숨을 잃었다는 소식이었다.

전형적인 남수단 전사 출신인 그는 군인으로 복무하다 전역했다. 당시 모시던 상관의 지시로 엔지오 활동에 뛰어들었고, 나름대로 유치원과 초등학교 개발을 위해 열심을 내고 있었다. 한번은 내가 있던 케냐로 넘어와서 며칠간 행정과 관련한 일을 케냐인 직원으로 부터 배워 가기도 했다.

"그런데 아볼, 가족은 어떻게 돼?"

"부인 한 명과 아이들 다섯 명하고… 있어요."

"다섯 명? 너 아직 젊은데… 몇 살인데?"

"서른두 살."

나는 정말 깜짝 놀라서 물었다. 대략 이십 대 후반쯤으로 보였던 아볼의 나이가 좀 더 많아서 놀란 것이 아니라 그 나이에 벌써 아이들이 다섯… 명이라는… 데 놀랐다. 나는 아볼이 '부인 한 명'이라 말한 사실을 떠올렸다. 두 명의 부인을 둔 것은 아니라는 뜻이다. 내가 놀라는 것을 눈치챘는지 아볼은 이어서 바로 설명했다.

"아이가 다섯 명인데, 세 명은 내 아이들이고, 두 명은 친척 아이들이에요. 부모님이 안 계셔서 친척 중에 그래도 형편이 나은 내가 모두 데리고 있어요. 지금 여기 희망고 학교에 다니고 있어요."

"오. 그래? 훌륭하네…."

나는 그를 치켜세워주었다.

"친척 집 아이들은 어떻게 너희 집으로 오게 된 거야?"

"아시죠? 남수단은 지금 전쟁 중이라는 거. 북수단과의 전쟁은 끝났지만 내전이 일어나서 어렵게 살고 있거든요. 우리 친척 형님도 그 전쟁의 와중에 돌아가시고 아이들이 고아가 됐어요. 내가 군에 있을 때 적지만 그래도 월급이 나왔거든요. 그래서 아이들을 우리 집으로 데리고 왔죠."

약 사 년 전 생전의 아볼하고 나눈 대화다. 그의 부고를 접했을 때 당시의 대화가 떠올랐다. 젊은 아버지를 잃은 그 다섯 명의 아이들과 부인은 어떻게 되었을까 하는 마음이 들었다.

올해 7월에서야 남수단 톤즈 소식을 다시 듣게 되었다. 톤즈가 속한 와랍주Warrap State의 시민들이 어려움에 처해 있다는 것이었다. 일 년 전에 그 지역의 중무장한 청년들이 정부군을 공격하면서 톤즈 주민들은 시민폭동이 일어날까 긴장하고 있다는 것이었다.

<워싱턴 포스트>지와 유엔 기사에 따르면 남수단 와랍주 일부 지역에서 총격, 방화, 무장 강도, 살해, 납치, 성폭행 등이 끊임없이 이어졌다고 한다. 전쟁이나 내분 혹은 지역 갈등이 무력화하면, 모든 개발 사업들이 난항을 겪거나, 중단하거나 미뤄진다. 결국 전쟁 중에 가장 어려운 지경에 놓이는 것은 바로 아이들이다.

아볼이 돌보던 아이들은 어떻게 되었을까? 중무장한 청년이 되었을까? 공격받은 정부군이 되었을까? 더 어린 아이들은 어디에 있

을까? 케냐 바로 위에 자리한 남수단을 두 번이나 가서 거기 사람들을 살펴보고 온 덕분에 남수단의 아이들이 남의 나라 아이들이 아니게 되었다. 남수단 톤즈 아이들의 희망은 전쟁 중인 그곳에서도 피어나고 있다.

남수단의 톤즈는 이태석 신부의 삶의 자취가 완연한 곳이다. 천주교 신부지만, 한국인으로서 그의 삶의 흔적은 여전히 남아 위력을 발휘하고 있다. 톤즈에서 나고 자란 청년들이 한국에 와서 의사고시에 합격했다는 소식은 종교를 넘어 희망을 주는 소식이었다.

지난 7월 말에 남수단 현지 사업 책임자를 케냐 나이로비의 한 호텔에서 만났다. 그가 조심스럽게 전하는 현지 이야기는 '형편이 조금이라도 나아지면' 바로 들어가서 해야 할 일이 많음을 깨우쳐주었다. 유치원과 초등학교가 문을 닫았지만 그곳 아이들은 어디에선가 자라고 있다. 청년들은 어떻게 해서든지 살아남으려고 애쓰고 있다.

남수단에서 비포장도로를 다섯 시간 가까이 달리면서 점심식사로 사 먹은 구운 옥수수는 잊을 수 없는 맛이 되었다.

내 인생을 살아가는 일이 우선이고 내 삶이 중요하지만 인생의 어느 시기에 잠시라도 고통과 어려움에 놓인 사람들을 위해 내 인생의 걸음을 잠시 쉬어 가면 어떨까 한다. 나는 직업으로 이 일을 하고 있지만 그 속에서도 또 다른 사람들을 위해 쉬어 간다.

5장

내일은 별 보러 가자

살아 있는 것이
인생의 베이스라인

"희망이 전혀 없을 것 같은 상황에서 우리는 어떻게
희망을 바랄 수 있을까?"

희망과 절망이 공존하는 삶의 이야기를 감명 깊게 표현해낸 영화가
있다. 가장 최근에 본 영화 중 르완다 대학살을 배경으로 한 2021년
영화 <평화의 나무Trees of Peace>다. 미국의 작가이자 영화제작자인
알라나 브라운Alanna Brown이 직접 시나리오를 쓰고 감독했다. 영화
는 네 명의 여성이 1994년 르완다 대학살이 일어난 날부터 부엌 지
하 창고에 갇혔다. 구출될 때까지 팔십 일간의 긴장, 갈등, 연합, 희
망을 다루고 있다. 카메라 앵글은 조그만 지하 창고를 벗어나지 않
는다. 각각의 이유와 과거를 가진 생면부지의 여성들은 피난처에서
함께 생활하는 동안 깊은 자매애를 형성한다.

영화는 이들의 과거가 현재의 삶에 미치는 심리적 영향력도 심도
있게 보여주고 있다. 영화 속에는 《사랑의 씨앗, 평화의 나무Seeds of
Love, Trees of Peace》란 제목의 그림책이 이 여성들을 하나로 묶어주는

중요한 도구로 나온다. 그림책을 읽으면서 서로 글을 가르쳐주고, 읽기를 배우며 이들은 평화와 희망이 있는 미래를 꿈꾼다.

브라운 감독은 대학살에서 살아남은 생존자들의 이야기를 모아서 영화 시나리오를 구상했다. 영화에서 의미하는 평화의 나무들은 르완다 대학살에서 생존한 사람들을 가리킨다고 한다. 대학살에서 살아남은 생존자들은 지금의 르완다를 일으키는 산증인들이 되었다. 이 영화를 보았을 독자는 반가울 것이고, 보지 못한 분들은 기회가 되면 보기를 권한다.

나는 2013년 4월, 르완다의 수도 키갈리Kigali를 방문해 현장조사를 한 적이 있다. 그런 까닭에 이 영화는 내게 반가움을 주었다. 영화를 보면서 당시 내가 르완다에서 만났던 사람들을 떠올릴 수 있었다. 르완다를 가봐서인지 이 영화 속에 구현된 당시의 모습과 주인공들의 공포, 두려움, 절망과 희망의 이야기가 많이 공감되었다.

"한마디로 거긴 아프리카가 아니라고 할 수 있죠."

"아마 그 나라에 가면 돌아오고 싶지 않을 거예요."

르완다에 가기 전 한국 사람들에게서 들은 말이다.

"서로에 대해 말하는 것을 꺼려요."

"이들은 지난 일에 대해 말하는 것을 금기시하죠."

르완다에서 활동하는 엔지오 활동가의 말이었다. 키갈리에 머무는 동안 지냈던 게스트하우스에서 일하던 당시 스물다섯 살의 피터는 이렇게 말했다.

"그때 정말 많은 사람이 죽었어요. 우리 가족과 친척들이 모두 스물다섯 명이었는데 대학살이 끝난 후 겨우 여섯 명이 살아남았죠. 제가 그중 한 명이고요. 이렇게 살아남은 것은 정말 행운이죠."

영화에서 말하는 희망의 나무는 피터처럼 대학살에서 살아남은 사람들이다. 르완다는 현재 아프리카의 싱가포르를 표방하면서 정치, 사회, 경제적 안정을 꾀하고 있다. 아프리카권에서는 경제성장률이 상위권에 속하는 국가로 자리매김하고 있다. 정부의 부정부패 사례가 거의 없다. 한국의 새마을운동 정신을 적극적으로 유치해서 적용하고 있다. 길거리에 쓰레기가 없고 도로 교통을 준수하는 시민들이 사는 나라다. 이 글을 쓰는 지금도 세련되고 깨끗한, 여느 선진국의 도시와 비슷하던 수도 키갈리 시내가 눈에 선하다.

르완다를 이야기하면서 서두에 했던 질문에 대해 나는 '희망과 절망은 결국 생존한 사람들의 것'이라고 정의해본다. 사람은 살아 있을 때야말로 희망과 절망을 말할 수 있다. 살아 있는 사람이어야만 이 추상적인 개념인 희망과 절망을 추구할 수 있는 셈이다. 한편, 가만히 생각해보면, 희망이 가득해도 슬며시 절망이 찾아오고, 절망으로 숨이 막힐 듯해도 가만히 희망이 찾아온다. 노자는 이러한 원리를 두고 '화는 복이 기대는 곳이고, 복은 화가 엎드리는 곳'이라고 말하고 있다. 인생사는 행이 불행을 가져오고, 불행이 행을 가져오는 교차적 이벤트의 연속이라고 할 수 있다. 르완다 대학살의 생존자들은 현재 삼십 대 이상이 되었다. 이들은 국가적 민족적 불행을 통해 복을 만들어내고 있다.

세상을 살아가는 일에는 베이스라인Baseline이 있다. 어떤 일이든지 기준점 또는 시작점이 있는데, 인생의 베이스라인은 '살아 있는 오늘'이다. 죽을 만큼의 고통과 불행을 겪어본 사람들은 통감할 수 있는 말이라고 생각한다. 모든 인생의 베이스라인은 다르지 않다. 그 인생의 주인공이 아프리카인이든, 아시아인이든, 유럽인이든. 살아 있는 것. 그것이 인생의 베이스라인이다. 아프리카와 아프리카 사람들을 잘 알지 못하는 사람들은 아프리카 대륙을 불행의 상징으로 이해하기도 한다. 이런 사람들이 실제로 아프리카를 방문하면 아프리카를 행운과 희망의 상징으로 이해하는 기회가 되리라 믿는다.

성냥을
켜야지

'내일부터가 위험할 것 같아…. 내일부터 상점들이 문을 닫을 것 같고… 장 본 거 있어?'

'일주일 정도치…. 일단 김치 네 포기 담가 놓았고 쌀 좀 있고….'

'폭동이 일어날 상황이야…. 조심해.'

'그럼, 우선 피해야 하나? 집에 있는 게 안전?'

'일단 일이 생기면 뒷골목으로 해서 가까운 대피처로 피해.'

'알았어. 가게 되면 그리로 갈게. 현재로서는 집이 더 좋을 것 같은데…. 그나저나 불 다 끄고 없는 척해야 하나! 나가는 게 더 위험한 것 같은데….'

지난 8월, 나이로비에 거주하는 동생과 나눈 문자 대화다.

조용하다. 고요하다. 불빛도 모두 가려지고 침묵만 도시를 덮었다. 동생은 혼자 있는 나에게 외부 상황을 수시로 전해주면서 안전하게 집에 있으라고 말해주었다. 2022년 8월 케냐 제5대 대통령선거 결과 발표를 하루 앞둔 날, 오후부터 도시는 서서히 고요함과 침묵 속으로 가라앉았다. 주거 단지 안은 이른 저녁부터 인적이 끊겼다. 나도 일찌감치 창문 커튼을 다시 한번 꼼꼼하게 치고, 방 안의 불빛이 새어나가지 않도록 단속했다. 그래도 안심이 안 되어 모든 전깃불을 다 끄고 성냥을 찾아서 촛불 하나를 켜두었다.

만약 폭동이 일어나면 어떻게 하지? 성난 군중이 아파트 단지로 몰려들면…. 다시 한번 대문을 지키는 경비들을 창문 밖으로 내다보았다. 이 아파트 단지에 외국인은 나밖에 없는데…, 도망갈 데라고는 아파트 위층인데…. 내가 위기에 처해 문을 두드릴 때, 이들이 문을 열어줄까? 오만 가지 생각이 드는 저녁이었다. 일찌감치 잠자리에 들었지만, 싱숭생숭하다는 말이 어울리는 심정이었다. 촛불 아래선 별로 할 일이 없었다. 노트북도, 휴대전화도 혹시라도 불빛이 새어나갈까 봐 다 덮어버렸다.

대통령 선거일 아침, 나이로비 중심도로는 텅 비었다. 말 그대로 개미 새끼 한 마리도 보이지 않고, 자동차 한 대도 안 다녔다. 나는 세 번이나 목격한 선거 날의 고요와 긴장, 침묵을 눈과 마음에 새겼다. 현장을 보게 되면 선명한 두려움 혹은 의식할 수 없는 불안이 마음속에 자리 잡는다. 케냐의 대통령선거는 케냐 국민과 외국인들에게 이러한 두려움과 불안을 각인시켰다.

2007년 12월에 치른 케냐 대통령선거는 선거 결과에 불복하는 시민폭동으로 인해 천오백 명 이상의 사망자를 발생시켰고, 백만 명 이상이 거주지를 떠나게 했다. 공식 기록이 이러하다. 빈민 지역 중심으로 일어난 시민폭동은 케냐 국민 전체를 두려움에 떨게 했다. 당시 나이로비에 있던 외국인들은 길게는 두 달 이상 외부 출입을 하지 못하고 생존의 기회를 찾아야 했다. 나이로비 시민들은 이때의 공포와 두려움을 생생하게 기억하고 있고, 이 시민폭동은 대통령선거 때마다 케냐 국민의 트라우마로 작용했다.

그래도 올해는 정말 다행이었다. 일부 지역에서 작은 규모의 충돌이 있었지만, 대규모 소동이나 폭동으로 이어지지 않았다. 선거관리위원회의 발표를 뒤집을 후폭풍은 서서히 사라졌다.

선거 발표가 나고도 한 일주일 더 지나서 장을 보러 외출했다. 택시기사에게 현지 상황을 물어보니 활기찬 목소리로 힘주어 말했다.

"No problem, we're not fighting again. People are smart enough! No more fight."

(걱정할 것 없어. 우린 이제 싸우지 않아. 사람들은 현명해졌어. 더 이상 싸움은 없어!)

"맞아요. 싸움은 이제 그만."

나도 맞장구를 쳤다. 아직 도로 위에 자동차들은 절반 정도만 보였지만, 케냐는 조금씩 앞으로 나아가고 있고 케냐 사람들은 현명한 선택을 하고 있다.

'누구든지 어둡고 컴컴한 방에 들어가면 성냥 한 개비라도 긋지 않겠는가!'

나는 이 말을 늘 새기고 있다. 특히 불안하거나 두려움, 혹은 실망에 빠져 다 그만두고 싶을 때는 더욱 이 말을 새긴다. 《이어령의 마지막 수업》에서 이어령 교수는 큰 이야기보다 작은 이야기, 큰 질문보다 작은 질문, 큰 산보다 그 산속 나무들에 집중함으로써 얻을 수 있는 깨달음을 말하고 있다. 성냥 한 개비라도 긋는 마음은 내가 삼십 년 이상 아프리카에서 기독교 선교사로 일하면서 기본적으로 갖추려 하는 마음이자 바탕이다.

"아프리카를 도우러 왔어요."

봉사자들이 와서 하는 말이다.

"그래요? 무엇을 할 수 있을까요? 케냐 문화나 잘못된 전통을 바꾸거나 전기가 들어오게 하는 학교를 짓거나 음식을 나누어 줄 수 있겠죠?"

"네, 그렇죠!"

당연하지 않냐고 받아치는 봉사자에게 나는 이렇게 한마디 강조했다.

"맞아요. 그렇게 일할 수도 있어요. 그렇지만 정말 중요한 것은 작은 일부터 시작해야 한다는 것이죠. 캄캄한 방에 들어가면 성냥 한 개비라도 찾지 않겠는가! 하는 말을 알고 있나요? 큰 것, 멋진 일,

위대한 일도 아주 작은 일, 가벼운 일, 멋지지 않아 보이는 일에서부터 시작된다는 의미죠."

캄캄한 방에 들어선 자, 암울한 청년 시절을 보내는 자, 인생의 무의미에 봉착한 자, 누구에게든지 그 어둠과 전기가 없는 것을 탓하기보다 가장 필요하며, 가장 절실한 것, 성냥 한 개비를 찾아 작은 불빛을 만들어보는 수고가 필요하지 않을까.

돌이켜보면 하찮아 보이는 일들이 귀중하고 소중한 일을 지탱해주고 있다는 것을 알 수 있다. 많은 사람이 나처럼 이번 케냐 선거를 치르면서 성냥 한 개비를 찾아 촛불을 켰을 것이다. 내가 켜둔 촛불보다 케냐 사람들의 촛불이 더 밝게 빛났으리라고 믿는다.

작은
몸짓으로

"오… 다시 만났군요. 여기 있었네요. 이게 뭔지 알아요? 자 만져봐요."

낮에 아프리카 토산품점에서 가게 매니저와 대화를 나누었는데 저녁에 호텔 식당에서 다시 만난 것이다. 나를 보더니 반갑다며 말을 걸어왔다. 얼큰하게 취한 그는 손에 든 봉지 한 개를 들어 보이더니, 만져보라고 내 앞으로 가져온다. 손을 대보니 따뜻하다.

"이거 내 아내한테 갖다줄 음식인데, 따뜻하게 먹을 수 있도록 지금 막 포장해달라고 한 거예요. 한 십오 분 정도 걸어가면 집이거든요."

자랑스럽게 말하는 그의 모습에서 케냐인 가정의 따뜻함이 묻어난다. 내가 그의 부인이 아닌 것이 아쉬울 뿐이다.

케냐에 와서 6박 7일간의 로드 트립Road Trip을 다녀왔다. 케냐 집에서 함께 지내고 있던 토머스, 알렉시스, 도형 작가와 같이 케냐의 중부 지역을 둘러보았다. 세부 일정이나 뚜렷한 목적을 두고 떠난 여행이 아닌 만큼, 여행하는 사람들의 공통분모에 맞추어 방문

장소와 일정을 잡았다. 케냐산Mt. Kenya을 멀리서 볼 수 있는 나뉴키 Nanyuki, 홍학 떼를 볼 수 있는 보고리아 호수Bogoria Lake, 사파리와 캠 핑을 할 수 있는 나이바샤 호수Naivasha Lake를 둘러보는 것이 주요 일 정이었다. 이번 여행은 일행들과 추억을 만드는 좋은 기회도 되었 지만, 케냐 사람들의 따뜻한 마음을 더 가까이서 느낄 수 있는 기회 가 되었다. 물론 안전과 재정상의 이유로 제한된 사람들을 만날 수 밖에 없었지만, 각자 형편 되는 대로 케냐와 케냐 사람들을 만나고 왔다. 우리는 일주일간 다섯 개 도시를 관통하며 약 천 킬로미터 거 리를 돌았는데, 케냐의 자연과 사람들이 우리를 환영하며 여행을 도와주었다.

나는 토산품 가게의 매니저가 부인을 위해 따뜻한 음식을 사 가 는 모습을 보며 사람 사는 인정을 느낄 수 있었다. 도형 작가는 로컬 시장 사람들 사이에서 케냐 사람들의 삶을 보았고, 토머스와 알렉 시스는 매일 산과 거리를 트레킹하면서 케냐 사람들을 만났다. 케 냐산자락에서 만난 현지인들이 이 둘에게 하룻밤 자신들의 집에서 자고 갈 것을 권했다고 한다.

두 사람은 하루 동안 왕복 열 시간이 걸리는 케냐산자락을 트레 킹하기도 했다. 산 사람들의 친절이 마음에 남은 것이다. 거리에서 마주치는 아이들은 예외 없이 손을 흔들며 밝게 웃었고, 어른들은 친절하게 다가왔다. 이제 외국인을 보는 데 익숙해진 사람들은 시큰둥한 반응을 보였다. 일부 사람들은 코로나 여파로 인해 중국 사람 혹은 아시아에서 온 사람들에 대한 편견적 파편이 남아 있어 보였다. 어떤 사람들은 차 안에 있는 우리를 보며 "치나(차이나)~치나(차이나)" 하고 불러댔다.

"하… 참, 아니라고…. 치나… 아니라고. 코리아! 코리아!"

우리도 창 밖으로 이런 말을 던지곤 했다.

이번 여행이 어땠는지 일행에게 물어보니 모든 순간이 하이라이트였다고 한다. 다 좋았다는 뜻으로 이해했다. 나는 이번 여행이 그 이전과 다르게 다가왔다. 제법 걷는 데 익숙해진 덕분에 어디에서든 걷는 데 대한 부담이 현저히 줄어들어서 좋았다. 그만큼 건강해졌다는 뜻이리라. 몸을 쓸 때마다 따르던 고통이 줄어든 것은 기적이라고 할 수 있다. 특히 매번 일행들만 보내고 보트 위에서 기다려야 했던, 나이바샤 호수의 유명한 워킹 사파리Walking Safari도 이번에는 같이할 수 있었다. 한편, 우리가 '흐미' 하고 놀란 사실이 있는데, 미국 뉴저지에서 나고 자란 알렉시스라는 청년이 하는 말들 때문이었다. 그는 자동차 여행, 캠핑, 보트 타기 등을 처음 해본다고 했다. 그는 삼십 대 초반이지만 우리가 흔히 접하는 레저 문화를 거의 경험해보지 못한 듯했다. 우리는 그를 위해 혹은 우리 자신을 위해 기꺼이 더 새로운 모험에 도전했다.

일상의 경험 중에서 가장 극적인 것은 역시 죽음 직전 혹은 죽을 것 같은 상황에 부닥쳐 보는 것이다. 케냐에는 헬스게이트 국립공원Hell's Gate National Park이 있다. 이 공원은 나이바샤 호수와 인접해 있고, 그랜드캐니언을 축소해놓은 듯한 협곡이 있어 관광객이 끊이지 않는 곳이다. 우리는 나이바샤 호수 주위의 한 캠핑 장소에서 2박 했다. 호수 주변을 트레킹하기로 한 토머스를 제외하고 우리 셋은 이 '지옥의 문'을 향해 달려갔다. 전문 가이드 찰스와 함께 공원의 초입부터 계곡이 잘 보이는 곳곳을 걸었다. 어떤 계곡에서 나는 다시 올라올 것이 무서워 계곡 위에서 일행을 기다리기도 했다.

"마… 선생님…, 살아 돌아왔다 아입니꺼. 정말… 지옥의 문을 지나온 것 같심니더."

계곡의 바닥까지 내려갔다 올라온 도형 작가는 살아 돌아온 사람처럼 깊은 안도감과 함께 살 떨리는 긴장감을 뿜어냈다. 계곡 아래서 위로 깎아지른 바위를 기어 올라오는 곳도 있다. 매일 트레킹을 하던 찰스는 아무렇지도 않게 슉~ 하고 이 바위를 올랐지만 나머지 두 남자는 아찔했다고 한다. 도형 작가는 카메라를 어깨에 메고 바위를 기어오르는 동안 지난 세월과 앞으로 살아갈 인생을 한순간에 정리했다고 하니, 아마도 그에게는 지옥의 문이 이번 여행의 백미였다고 할 수 있겠다.

여행은 사람의 경험을 확장하고 생각과 마음을 다시금 고쳐먹게 한다. 걷는 여행을 마다하지 않은 나의 몸도 기특하고, 뉴저지를 벗어나본 적이 없는 알렉시스가 케냐까지 온 것도 대견하고, 지옥의 문계곡을 안전하게 잘 올라와준 도형 작가도 고맙고, 삼 일간 캠핑장의 장작불을 피워준 토머스도 고마웠다. 혼자서는 만들어낼 수 없는 여행이었다. 어떤 모습으로든지 함께하면 작은 몸짓들이 모여 즐거움과 행복한 몸짓이 되어갈 것이다.

나는 이 책을 쓰면서 마지막 장을 남겨두고 일주일간의 자동차 여행을 다녀왔다. 그렇게 하길 잘했다. 이번 여행을 통해 청소년들을 위한 프로그램 개발 아이디어를 많이 얻었지만, 걷는 것이 힘들어 포기했던 많은 곳을 돌아볼 수 있었다.

무엇보다도 수다한 작은 몸짓들이 모여 이루어진 세상을 보고 올수 있었다. 기회가 되면 언제든지 또 떠날 여행이다.

하루의
무게만큼만

악몽을 꾼다. 잘 차려진 파티장에 초대받아 갔는데, 갑자기 힘센 사람이 나타나서 나만 쫓아낸다. 또 다른 꿈을 꾼다. 역시 멋진 파티장에 초대받아 갔는데, 나만 찾아내서 맨 앞자리 상석으로 안내한다. 언제부터인지 잘 모르겠는데, 이러한 상반된 내용의 꿈을 꾸곤 한다. 쫓겨나는 꿈은 찜찜하고, 상석에 인도되는 것은 좋다가 만 꼴이 된다

이루려는 목표에 매달리거나 할 때는 실패할까 봐 두려워서 악몽을 꾸는 것이고, 아프리카에서 별반 기대할 것 없이 살 때는 상을 받고 싶어서 그러한 꿈을 꾸는 것은 아닐까, 스스로 해몽해본다. 또한, 내 인생의 여정이 극과 극의 경험들로 이어지고 있어서 이러한 종류의 꿈을 꾸는 것이 아닐까, 생각해보기도 한다.

어느 해인가 한 방송사에서 새 프로그램을 만들었는데 첫 출연자가 되어달라고 연락해왔다. 촬영을 위해 만난 담당 피디와 인사를 하자마자 피다가 놀라서 물었다.

"선생님이세요? 김해영 님 맞으시죠?"

피디는 거듭 내가 출연자임을 확인하고, 나이까지 물어보더니 난감해했다.

"저희 프로그램은 6·25를 겪으신 분들의 이야기를 다루는 프로그램이거든요. 전후에 사회 지도층으로서 많은 역할을 한 사람들의 당시 이야기를… 그런데, 선생님은… 너무 젊으신 것 같아요. 선생님의 경력을 듣고 육십 대 이상 되신 줄 알았어요."

당시 나는 사십 대 중반이었다. 1960~70년대 이야기를 들려줄 출연자를 섭외하러 온 피디는 난감해했다. 여기까지가 내가 늘 꾸는 악몽이다. 일이 틀어지고 나는 쫓겨나고 마는 것이다. 담당 피디는 그래도 나를 포기하고 싶지 않았는지, 나에게 몇 가지 질문을 더 했다.

"선생님, 됐습니다. 선생님이 겪으신 십 대 시절 이야기가 저희 프로그램의 기획 의도와 맞네요. 그 이야기를 들려주세요."

이렇게 결정되고 나자, 촬영은 순식간에 진행되었다. 이 부분은 상석으로 인도되어 가는 꿈과 같다.

나는 일상생활에서 사람들에게 무시받거나 과하게 인정받는 순간들을 비교적 많이 경험한다. 그러다 보니 무의식의 발로로 꿈에서도 무시받거나 인정받는 상황들이 나타나는 것 같다. 사람은 자신이 한없이 무시당하면 참을 수 없게 된다.

또한, 자신의 본모습이 아닌 것들로 인해 과하게 대접받아도 자괴감을 느끼게 되어 그 또한 참을 수 없게 된다. 나는 내 또래의 사람들에 비해 십여 년 정도 일찍 사회생활을 시작했다. 그러다 보니 삶의 다양한 현장에서 살기 위해, 혹은 살아남으려 애써야 했다. 그러한 과정에서 과장된 무시나 과분한 대접을 받아야 했다. 내가 그 장단에 맞추어 살다가는 큰일이 나리라는 것을 어린 나이에 알아차린 것이 그나마 다행이었다.

현실에 기반한 사고는 오해와 갈등을 줄여준다. 과장된 무시나 과분한 대접의 기준은 내 경우 매우 명백하다. 나의 신체적 외형은 '사고로 발생한 척추 변형으로 인한 장애인'이다. 나에게 이것은 하루만큼의 인생의 무게이자 사실이다. 이 사실에서 조금이라도 더하거나 모자라면 안 된다는 것을 가슴 깊이 새기면서 살고 있다.

"나는 해영 씨의 장애가 제일 먼저 보인단 말이죠."

언젠가 내가 호감을 느꼈던 남성으로부터 이러한 말을 들은 적이 있다. 어떻게 해도 그에게 내가 여성으로 보이는 일은 없다는 뜻이다. 이 말로 인해, 나는 하마터면 남은 평생 이 남성과 원수가 될 뻔했다. 이 글을 쓰면서도 당시 이 말을 들었을 때의 상심이 기억난다. 하지만 나는 내 등이 휘어져 있고, 그로 인해 키가 작은 장애가 있는 여성이란 사실을 빼지도, 더하지도 않고 들었다. 이 남성만 그런 말을 했을까.

"그 몸으로 임신 같은 거 할 수 있겠어?"

"결혼하면 성생활이라도 제대로 할 수 있겠어?"

"아휴… 몸도 불편한데… 저기 가 있어."

"공부해서 뭐 하게. 그 몸으로….”

"남자도 여자도 아닌데."

"해봤자, 뭐."

나는 살아오면서 위와 같은 말들을 아무렇지도 않게 하는 사람들을 많이 만났다. 위의 문장들 끝에 ~요를 붙이면 과분한 대접인 셈이다. 이 말들을 종합하면 나는 '결혼도 못 해, 임신도 못 해, 저기 가 있어야 해, 공부도 하면 안 돼, 중성도 아닌 무성에 아무것도 하면 안 되는' 사람이다. 참으로 가슴 아프고 비합리적이며, 비인격적이며 모순된 말이다.

하지만 이런 말들은 내가 어려서 부모나 형제들에게서 들은 저주의 말에 비하면 아주 양호한 것이다. 모르는 사람들이 지나가면서 한두 마디 던지는 말들이 아니었기 때문이다. 수년을 같이 일하고, 먹고 자고 해도 비장애인들의 편견과 제한적 인식은 거의 바뀌지 않았다. 그러니 유연한 사고와 관용적 태도로 위와 같은 말들에 대응해야 하는 것은 오히려 내 쪽이었다.

이러한 말들을 들을 때마다 나는 내 인생의 하루치의 무게가 무엇인지를 정확하게 직시했다. 그 말들에 대해 낙심하기보다는 상처받지 않도록 나를 지켜내는 일에 더 집중했다. 더 나아가 그렇게 말하는 사람들을 미워하거나 원망하지 않아야 했다. 안 그랬다가는 기왕의 관계가 다 망가지는 것은 한순간의 일이었다.

2022년 9월 8일, 영국의 엘리자베스 2세 여왕이 서거했다. 그녀는 칠십 년의 세월 동안 머리에 쓰고 있던 왕관을 그제야 내려놓았다. 인생에서 왕관의 무게를 견딘 자의 영광을 여왕의 장례식이 진행되는 동안 미디어를 통해 지켜보았다.

우리는 누구라도 각자의 인생의 무게를 견디면서 살아가도록 이 세상에 보내졌다. 오늘 살아 있는 사람은 이미 이 세상을 살다 떠난 자들이 결코 가질 수 없는 '살아 있는 자의 무게'를 갖는다. 그것은 인간이자 사람이 된 자의 영광이다.

나는 인생의 첫 번째 베이스라인으로 '지금 살아 있는' 것을 택했다. 두 번째 베이스라인은 '척추장애인'이란 사실을 받아들인 것이다. 여기서 시작하는 것은 그렇지 않은 사람들보다 불리하다. 하지만 그 때문에 내 인생을 지속해서 보다 나은 쪽으로 확장해올 수 있었고, 확대해가고 있다고 본다. 김해영이란 사람을 한 장의 삽화로 그린다면, 양쪽 다리에 '살아 있는 오늘 하루'와 '척추장애인'이란 무게추를 달고 터벅터벅 걸어가는 한 사람의 모습이면 좋겠다. 이 삽화에서 키가 작다거나 여성 혹은 남성을 따지는 것은 무의미하다. 모든 인간은 살아가는 동안 하루만큼의 무게에 해당하는 추를 달고 살고 있으니까.

살아가는 동안 장애인을 만날지도 모를 독자를 위해 부탁의 말을 붙인다. 역지사지다. 내가 그라면, 내가 그녀라면, 내가 그 사람이라면, 이라고 생각한 후에 말하라는 것이다. 그렇게 한다면 내가 들었던 그 험악한 말들이 이 사회에서 사라지지 않을까 한다.

결혼도 해야죠. 아기도 갖고요. 사랑도 해야죠. 할 수 있는 만큼 같이 해볼까요? 하고 싶은 일도 해봐야죠.

나는 이런 말들을 들으며 성장하지 못했지만, 지금을 사는 장애인, 예비 장애인, 장애아동을 둔 가족은 이러한 말을 들으면서 이 사회에서 살게 되길 바란다.

잘했어,
괜찮아,
이만하면

나는 조금 한가한 시간이 생기면 하는 일이 있다. 노자의 《도덕경》 한문 원문을 아이패드 위에다 아이펜슬을 사용해 붓글씨체로 써보는 일이다. 잘 모르는 한문을 쓰는 것이 좋고, 그 뜻을 배우게 되어 좋아서다. IT 기술 덕에 한지 위에다 먹물을 묻혀 붓으로 쓰는 그 느낌까지도 누릴 수 있게 되었다. 이 필사 시간은 그런만큼 나를 제법 자기애에 빠지게 한다. 《도덕경》을 쓰는 동안 조금이라도 무지를 깨우칠 수 있으면 하는 소박한 마음으로 다가간다. 여러 번 읽었던 글이라도 오늘 읽은 내용은 어제와 다르게 이해되고, 더러 어떤 구절은 가슴 깊이 다가와 깨우침을 주기도 한다.

어느 날, 직업과 관련해 칼럼을 쓰던 중 《도덕경》 69장에 나온 네 글자가 눈에 들어왔고, 아하! 하고 깨우침이 일면서 내 마음에도 들어왔다. 69장은 전장에 나가는 병사를 다루는 방법과 전쟁에 임하는 마음 자세에 대해 적고 있다. 전쟁터에서 사용할 전술과 방법을 논한 후 마지막으로 당부한다. 애자승의(哀者勝矣), 상대방을 가엾게 여기는 사람이 전쟁에서 이긴다고.

나는 국제사회복지사다. 대학원에서 국제사회복지를 전공했고, 주로 해외에서 사회복지 관련 일을 하기 때문이다. 사회복지사로서의 역할은 다양하다. 국제 개발 세미나도 기획해 열고, 국제사회복지 관련 강의도 하고, 방송 출연도 하고, 칼럼도 쓰고 있다. 내가 쓰는 칼럼 중에 <에이블뉴스>의 '김해영이 전하는 해외 장애인 소식'이 있다. 해외의 장애인 인물들을 소개하고 있는데, 칼럼을 통해 소개한 사람들이 백팔십여 명이 넘어가고 있다. 해외의 장애인 인물들을 조사하는 과정에서 그들의 삶의 내용에 공감하고 감동하고 감탄하곤 한다.

브라질의 한 아기는 양쪽 팔과 다리가 없는 해표지증장애를 안고 태어나 곧바로 어느 슬럼가에 버려졌다. 버려진 아기는 미국으로 입양되었다. 이제 이십 대 청년이 된 그는 자신이 좋아하는 브레이크댄스를 추고 있다. 그는 춤을 통해 세계의 사람들을 만나고 있다.

이탈리아의 유명한 자동차 경주 레이서인 자나르디는 경주 도중 사고로 두 다리를 절단해야 했다. 하지만 2016년 리우 패럴림픽 핸드사이클 종목에서 금메달을 따면서 스포츠 선수로 재기했다.

케냐의 한 여성은 어린 시절 당한 성폭행으로 장애인이 되었지만 호주 유학을 통해 구강의학 전문의사가 되었다. 현재 그녀는 케냐에서 장애아동을 돌보면서 의사로 일하고 있다.

미국의 호른 박사는 흑인 여성이자 청각장애가 있는 물리학자로 나사NASA에서 근무하고 있다.

한 사람씩 다 소개하고 싶을 정도로, 어떤 사람들은 인생의 특정한 시기에 발생한 장애를 통해 자신만의 인생을 리부트reboot해 살아가고 있다. 나는 이들의 이야기를 정리하면서 기사의 행간에 담긴 이들의 고통과 어려움, 노력과 눈물이 어떠했을지 공감했다.

사회복지사로 일하면서 '사람을 사람답게 하는 것이 무엇인가?'라는 질문을 한다. 주 사업 대상자가 취약한 환경과 처지에 놓인 사람들이다 보니 낮은 교육, 빈곤, 가난, 실업, 질병, 장애 등이 사슬처럼 연결되어 있다. 비상한 노력이나 행운이 따르지 않는다면 거기서 벗어날 길이 없는 막막한 삶이 이어지는 것이 사실이다.

취약계층 중에서도 여성, 아동, 장애인의 카테고리에 속한다면 그 어려움은 말할 것도 없다. 더구나 개발도상국가들에는 정치, 정책, 경제적 수준과 시민의식을 따르는 사회 제도가 아직 미비해 '사람이 사람답게 살 수 있는' 시대가 더디 오고 있다. 앞서 언급한 해외의 장애인들은 이렇게 복합적으로 취약한 상황에서도 한 사회의 지도자로 우뚝서거나, 자신만의 인생을 잘 살아내고 있다. 나는 칼럼을 쓰고 난 후 주인공들에게 이 말을 들려주곤 한다. 물론 나 자신에게도 늘 하는 말이다.

"잘했어요. 괜찮아요. 이만하면 말이죠."

나는 이들의 삶을 주의 깊게 분석하고 있다. 나를 포함해 신체적 장애를 통해 인생의 전환과 변화를 만들어낸 동기가 무엇인지. 그러한 생각을 하던 중에 《도덕경》에 나온 네 단어, 애자승의라고 하는 말을 만났다. 인생의 위기에 놓인 사람은 다른 사람을 돌볼 여력이 작다. 타인을 가엾게 여길 마음은 더 자리할 곳이 없다.

그러나 이 얼마나 다행인가! 타인을 돌볼 마음 한자리는 없어도 인간은 근본적으로 자신을 우선한다. 자신을 가엾게 여기는 본성적 마음의 씨앗을 가볍게 여기지 않는 사람이야말로 인생길에서 포기하지 않고, 두려움과 역경 앞에서 피하지 않는 사람이 된다. 싸워서 죽이고 죽을 수 있는 전쟁터에 나가는 장수와 병사들이 살아 돌아오려면, 최선의 방책은 상대방을 가엾게 여기는 것이라고 성현은 말하고 있다. 인생살이는 전쟁하듯이 싸워서 이겨야 하는 것이 아니라, 하루하루 삶의 목적과 의미를 음미하며 살아내는 것이다. 그렇다면 성현의 다음 말을 마음에 새겨볼 일이다.

"자신을 마음이 아플 정도로 불쌍하고 딱하게 여기는 마음이 있는가? 그렇다면 이미 인생을 이기면서 사는 사람이다. 하루를 소중하게 사는 사람이다."

척박한 땅도
우리를 보살핀다

"너 이번에도 손님들을 엉뚱한 데로 데리고 왔네. 너 완전 상습범이야. 어떻게 할래? 왜 이런 일을 계속하는 거야?"

스물두 살의 마사이 청년, 칸은 아무 말도 못 하고 머뭇거렸다. 칸을 추궁하는 사람은 한 기업체의 경비원이다. 안에 있던 회사 사람들이 몰려나온다. 사정을 살피던 나는 안 되겠다 싶어서 차에서 내렸다. 나보다 한참 키 큰 남자들에게 자초지종을 얘기하고, 선처를 바란다고 거듭 요청했다. 사람들은 우리가 잘못한 것은 아니니 그만 돌아가도 좋다고 했다.

하지만 칸은 지난번에도 가짜 투어 가이드 행세를 해서 걸렸다고 한다. 그러니 경찰에 넘겨야 한다며 칸을 다그친다. 그래도 나는 그들에게 우리는 괜찮으니, 봐달라고 사정했다. 퇴근하는 길이니 그들도 더 이상 시간을 끌지 않겠다며 빨리 사유지에서 나가달라고 한다. 칸을 만난 지 네 시간 만에 호구 고객이 된 정황이 드러났다.

별 사진을 찍기 위해 때를 기다렸지만, 케냐 하늘에는 구름이 가득 들어차 있었다. 한 장이라도 더 찍고 싶어 소금호수로 유명한 나이로비 근교의 마가디호수Magadi Lake로 출발했다. 나이로비 집에서 약 120킬로미터 떨어져 있으니 예닐곱 시간이면 다녀올 수 있다고 생각하고 출발했다. TIA란 말이 있다. '이게 아프리카야This is Africa.'라는 말의 줄임말이다. 나는 마사이 땅에 들어서면서 TIA를 떠올렸다.

'맞아. 무슨 일이 생겨도 어떻게 하겠어. 여긴 아프리카인데.'

마가디호수 여행은 TIA를 제대로 겪은 여행이었다. 그것은 순전히 마가디호수 입구에 도착해서 만난 현지 마사이 청년 칸 때문이다.

현지 투어 가이드를 자처한 두 명의 청년 중에 우리는 칸에게 기회를 주었다. 왜냐하면 우리 차를 보고 죽어라 달려왔기 때문이다. 칸은 내가 탄 경차의 조수석에 앉았다. 우리는 마가디호수를 둘러보고, 플라밍고 사진을 찍으러 왔다고 말했다. 우리는 칸이 가자고 하는 대로 갔다. 칸이 안내하는 대로 가다 보니, 호수에서 멀리 떨어진 비포장 산길을 계속 가고 있는 것이 아닌가! 지도를 보니, 그대로 계속 가면 케냐와 탄자니아 국경선에 가 있을 것 같았다.

'아니, 이게 뭔가. 뭐야?'

슬슬 올라오는 의심과 불안을 잠재우는 데 거의 세 시간이 필요했다. 사진 찍기는 뒷전이 되었다. 비포장 산길을 벗어나서 호수의 남쪽 끝에 도착해서야, 우리는 안심했다. 휴~ 이 머스마가 나쁜 놈은 아니었네, 하는 안도감이었다. 그제야 도형 작가가 카메라를 꺼

내 들었다. 그렇게 세 시간을 돌아온 산길이 호수에서는 삼십여 분도 걸리지 않아 다시 처음 칸을 만났던 자리로 왔다. 우리는 칸의 호구 고객이 된 것을 이때쯤 알아차렸다.

칸은 아주 능숙하고 적절하게 우리의 의심과 불안을 환기시키면서 우리를 생고생하게 한 것이다. 칸은 호수 보호구역에 들어가는 입장료를 내지 않고, 투어 비용을 차지하기 위해 방문자들을 호수를 돌아서 들어가도록 하고 있었다.

하지만 우리 자동차는 거기 경비원들에게 다 감지되었다. 그들은 순진한 관광객을 볼모로 삼은 칸을 잡아가려고 기다렸다. 무허가 투어 가이드 칸 때문에 약 40여 킬로미터에 이르는 비포장 산길을 경차로 달리는 생고생을 했지만, 나와 도형 작가는 칸에게 약속한 가이드 비용을 주고 인사하고 헤어졌다.

"괜찮심더. 재미있었심더. 지는 그 마사이 청년의 절박함을 봤심니더."

도형 작가의 말이다.

경차로 비포장 산길을 수 시간 운전하는 일은 쉽지 않다. 큰 고생을 했지만, 짝퉁 투어 가이드 청년을 더 긍휼히 여긴 것이다. 도형 작가에게 미안한 마음이 들었지만, 나 역시 마사이 청년을 탓할 마음이 들지 않았다. 나이로비에서 내려오는 길에서 본 풍광과 사바나 지형으로 인한 이 땅의 척박함을 보았기 때문이다. 마가디호수에서 보고 만난 것은, 호수의 풍광보다는 마사이 청년이었다. 마사이 땅은 척박하고 메마른 데다, 석회와 모래로 뒤덮여 한낮 더위는 숨을 막히게 했다. 한 푼이라도 더 벌려고 애쓰던 칸의 절박함은 어쩌면 그 땅에서 비롯된 것인지도 모를 일이다.

우리는 일몰을 앞두고 서둘러 출발했다. 간간이 물탱크를 얹은 트럭이 지나가면서 도로가에 놓인 파란색 물통에 식/용수를 공급해주고 있었다. 저녁이 되니 물통 주위에 사람들이 몰려왔다. 나이로비에서 마가디호수로 가는 길은 관광 상품화되어 있어 진짜 삶이 마사이가 아니었다. 진짜 마사이 사람들이었고, 그제야 그들의 실제 삶이 눈에 들어왔다.

마가디호수에 가려면 나이로비 서쪽에 자리한 응공 언덕을 넘어야 한다. 거기서부터 마사이 땅이다. 나이로비가 해발 1,790미터인데, 마가디호수는 578미터다. 약 100킬로미터 구간을 1,200미터가량 쭉 내려간다. 그 길은 사바나 기후를 보이는 땅으로 가시나무와 덤불이 뒤덮여 있다. 해가 지고 되돌아오는 길은 더 더뎠다. 길이 좁은데다 나이로비에서 내려오는 차들이 이어졌기 때문이다.

황토색 먼지에 뒤덮인 차를 끌고 집에 오니 밤 아홉 시다. 칸 덕분에 마가디호수는 제대로 들어가보지도 못하고, 입구 근처만 돌다 온 여행이지만 시간과 비용이 아깝지 않은 마음 든든한 여행이었다.

도형 작가와 나는 점심과 저녁도 먹지 못하고 물과 소다로 배를 채웠다. 자동차를 빌려준 남동생 집에 도착해서 라면으로 허기를 채웠다. 우리는 '신나라' 하고 호구가 되었던 여행기를 늘어놨다. 말라버린 소금 호수 바닥을 자동차 경주하듯이 달렸는데, 흙먼지 휘날리며 마음껏 달린 그 잠깐의 순간은 거기로 가는 동안의 고생을 잊게 할 정도로 짜릿했다. 이게 진짜 여행이지, 이게 진짜 아프리카지, 하면서 그 여행을 즐긴 셈이다.

마사이는 내가 살았던 보츠와나의 바로 그 땅과 같은 기후와 지형을 가진 땅이다.

"도형 샘, 여긴 보츠와나하고 똑같은데요. 바로 그 땅인데요."

"맞심더. 그런데, 그런 데서 어떻게 살아남으셨습니꺼?"

"그러게요. 보살핌이지요. 하늘과 땅과 사람들이 저를 보살펴주었다 할까요. 여기 마사이 사람들처럼요."

사막을 가본 사람은 사막을 안다. 나는 아프리카의 사바나 기후와 그 땅이 뿜어내는 척박함과 생명력을 안다. 그러니 나를 호구로 삼은 마사이 청년을 탓하지 않는다. 잊지 못할 여행 경험이 된 데다, 큰 사고 없이 무사히 집에 돌아온 것이 고마울 뿐이다.

말라이카

나의 천사, 나 그대를 사랑하오.

나의 행운의 여신이여, 나의 누이여,

난 아무것도 가진 게 없지만

나의 천사, 그대와 결혼하고 싶소.

돈이 내 영혼을 괴롭히네요.

그대 인생의 반려, 난 어이하리오.

작은 새여, 난 항상 그대를 꿈꾸오.

한국에 아리랑이 있다면, 아프리카에는 말라이카Malaika가 있다. 이 노래의 반복되는 부분과 후렴을 빼고 요약하면 위의 내용이다. 말라이카는 나의 천사, 나의 사랑을 뜻한다. 노래의 내용은 지참금이 있어야 결혼이 가능한 아프리카 풍습이 배경이다. 돈이 없어서 사랑하는 사람과 결혼하지 못하는 아픈 마음을 담고 있다. 이 노래는 남아프리카공화국의 가수이자 '아프리카의 어머니Africa Mama'라고 불리는 미리암 마케바Miliam Makeba가 부르면서 아프리카를 대표하는 노래가 되었다.

이 노래는 1945년 탄자니아 사람이 가사와 곡을 써서 부르기 시작했다. 나는 이 노래를 겨우 일 년 전에 처음으로 들었다. 아프리카와 케냐의 대중문화를 조사하다가 말라이카를 만났다. 가사와 노래를 반복해 듣고 따라 부를 정도가 되었을 때, 정신을 차려 보니 이주가 지나 있었다.

나는 이 노래를 들으면서 많이 울었다. 가난한 청춘 남녀의 사랑 때문에 울고, 돈이 없어 결혼하지 못하는 형편에 울고, 사랑과 영혼을 이어주는 페사$_{Pesa-money}$는 현실이어서 울었다. 무엇보다 이십대 중반부터 내가 만나온 수많은 아프리카 청춘 남녀들의 얼굴과 삶이 이 노래 속에 살아 있었다.

나는 종종 공부하다가 혼자서 감동해서 우는 일이 있는데, 이 노래를 처음 들었을 때도 그랬다. 노래를 부른 마케바의 삶까지 들여다보고 난 후에는 더 울었다. 미리암 마케바는 남아프리카공화국 출신으로 백인 정부의 인종차별정책을 반대하며 그곳의 인권탄압을 세계에 알렸다. 그 때문에 그녀는 삼십 년 이상 고국에 돌아가지 못한 채 이국땅을 떠돌면서 아프리카를 노래했다. 넬슨 만델라는 "그녀의 음악은 우리 모두에게 강력한 희망과 영감을 주었다"라고 말한 바 있다.

이 노래를 알고 부르면서 나는 비로소 아프리카의 정서에 공감하는 마음을 갖게 되었다. '나를 버리고 가시는 님은 십 리도 못 가서 발병이 나길' 바라는 아리랑 정서에서, '돈이 없어서 사랑하는 사람과 결혼하지 못하는' 말라이카 정서로 오는 데 삼십 년이 걸렸다. 가장 먼 거리는 사람의 머리와 가슴이라고 했던가.

나는 도형 작가에게 이 노래를 알려주었다. 당연히 도형 작가도 처음 들어보는 노래라고 한다. 삼 개월의 아프리카 이 차 출사 여행을 마무리하면서 도형 작가는 케냐와 우간다를 돌면서 찍은 아프리카 사진에 말라이카를 배경으로 한 영상을 만들었다.

소년, 소녀, 아이들, 청년, 중년의 아저씨, 멋을 낸 아가씨, 수레를 미는 노동자, 교회에서 기도하는 사람들, 소 치는 목동들, 아기를 품에 안은 젊은 아버지, 학교 교실의 아이들, 호숫가 저녁노을 앞에 선 여성, 시장 상인들, 할머니와 수다스러운 손녀들, 트럭에 올라탄 사람들, 사랑을 속삭이는 청년 남녀, 나무를 태워 숯을 만드는 사람들, 축구장 소년들, 호수 위 사람들, 작은 상점의 마마, 마사이 남자들, 오렌지 파는 여인 등이 인생 이야기를 들려주며 그 영상 속에서 살고 있다. 또한 그 영상 속에는 대자연 위에서 살아가는 아프리카 사람들의 가슴속 이야기가 있고 말라이카가 있다.

"맞아. 이거야. 이게 바로 우리 모습이야."

사진을 본 사람들의 이야기다. 도형 작가는 이 사진들을 영상으로 만들어 케냐 사람들에게 보여주었는데 대부분 엄지척의 반응을 보였다고 한다. 이들이 이 사진을 보고 거부감이나 이질감이 들면 낭패다. 그런데 이들은 한결같이 적당하다, 굿이다, 이게 바로 우리의 모습이다, 좋다, 라고 했다 하니 사진을 찍으러 다닌 사람의 수고가 보람으로 바뀐 셈이다. 이 영상을 볼 때마다 내 눈에는 눈물이 맺혔다. 내가 그런데 도형 작가는 더하지 않을까 싶다.

도형 작가는 케냐에서 사진만 찍고 끝내지 않았다. 만나는 사람마다 찍은 사진을 인쇄해주거나, 액자로 만들어 직접 찾아가 건네주기도 했다. 사람들과 같이 먹을 것도 나누어 먹고, 여행을 다녀오면 찾아와서 안부를 묻는 친구들을 많이 만났다. 그는 사진 한 장을 찍기 위해 아프리카 사람들의 일상에 스며들어가는 일을 지혜롭고 따뜻한 마음을 가지고 해냈다.

"아휴, 기독교 선교사는 저인데 도형 작가가 그 좋은 일을 이 사람들하고 했군요. 사람을 사귀고 정을 나누는 일 말이죠."

나는 고마운 마음을 담아 그에게 한마디 해주었다.

"마… 말도 마십쇼. 그느마들이 자꾸 술 사달라 안 합니꺼. 그래서 술은 안 된다 카고… 원 플러스 원 라지 사이즈 피자를 주문해서 같이 먹었다 아입니꺼. 참, 그느마들이 피자를 어떤 아는 못 먹고, 어떤 아는 처음 먹어 본다 안 합니꺼. 마음이 짠했심더."

도형 작가는 시간이 날 때마다 들러서 함께한 상고마을의 가게 청년들과 피자로 송별 만찬을 했다고 한다. 도형 작가도 아프리카의 말라이카를 이해한 모양이다.

말라이카, 이 노래는 내게 슬픈 마음이 들게 한다. 그런데 계속 들어보면 사랑과 꿈을 노래하고 있다. 인생을 살아가게 하는 힘, 그것을 노래하고 있다.

어디나 사람 사는 데는 돈이 사람들을 힘들게 한다. 그러나 돈 때문에 힘든 것보다 사랑과 꿈 때문에 힘든 것이다. 추구하는 것은 사랑과 꿈이지 돈이 아니다. 아프리카에 마음이 있는 사람은 이 노래를 들어보길 권한다. 말라이카는 아프리카 어디에서도 통하는 노래이기도 하니까.

내일은
별 보러 가자

별이 너무 아까워 잠들 수가 없었다.

바람이 너무 아까워 잠들 수가 없었다.

오소희 작가는 아프리카에서의 첫날 밤을 아깝다고 표현한다. 별과 바람을 더 보아야 하는데, 잠을 자려고 하니 더 볼 수 없어서 너무 아깝다고 했다. 별이 너무 아까워 잠들 수가 없게 하는 곳, 아프리카다. 보츠와나에서 살 때 나는 오 작가의 이러한 감상을 참으로 많이 느꼈다. 그녀의 글을 읽었을 때, '아, 바로 내 마음이다' 하고 공감했다.

불빛이 없는 사막에서 별은 더욱 빛난다. 캄캄한 밤하늘에 펼쳐진 은하수를 보다 보면, 어느새 달빛이 올라온다. 수많은 날을 별과 바람과 달빛을 보기 위해 창문을 열어놓고 아까워서 잠들지 못했다.

사실, 밤하늘에 떠 있는 별을 보는 사람의 심정은 처연하다. 일상이 즐거움으로 가득한 사람은 별을 볼 시간이 없다. 마찬가지로 하루하루 삶의 무게에 눌려서 땅만 바라보아야 하는 사람도 밤하늘의 별을 바라볼 여유가 없다. 세상살이가 그러하니, 초저녁 밤하늘을 바라보면서 '아! 별들이 저기에 있구나…' 하고 올려다볼 사람은 오 작가처럼 여행을 떠나거나 나처럼 허허벌판에서 밤하늘이라도 바라봐야 하는 사람뿐이다.

"어떤 사람이 사막에서 십사 년을 살다 왔다고 말하면, 아! 저 사람도 닦고 왔구나! 라고 이해하시면 됩니다."

내가 대중강연을 할 때, 아프리카 이야기를 하면서 하는 말이다.

인생의 어느 시기는 잊을 수 없는 강력한 모멘텀이 되기도 한다. 나는 이십 대 중반에 갑자기 도착한 보츠와나라는 나라에서 만 십사 년을 보내며 인생의 회복탄력성을 강화했고, 추진력을 얻었다. 이 시기는 나 자신을 강력하게 만들어내고, 인생의 괴로움과 즐거움의 참된 의미를 깨우친 시간이었다.

이 '십사 년의 세월'을 한 단어로 요약하면 '별'이다. 아프리카 남단, 칼라하리 사막에서 바라본 별들은 황무지와 배고픔과 외로움을 상쇄시키고도 남을 정도로 황홀하고 경이로웠다. 매일 보던 별들이었지만 특히 '그 별'을 볼 수 있을 때까지는 시간이 더 걸렸다.

내 인생에서 가장 캄캄하고 어둠 깊은 터널을 혼자서 지나던 그때, 바로 그 별을 볼 수 있었다. 보츠와나에 도착한 지 사 년 정도 지났을 때, 내가 일하던 직업학교는 기약 없이 문을 닫았다. 사막 땅에서 열심히 일한 보람도 없이 교육 사업이 망한 것이다. 동료들은 다 떠났고, 나는 혼자 덩그러니 남았다. 한국으로 돌아갈 마음으로 매일 짐을 쌌다.

저녁이면 캄캄한 밤하늘 아래서 어떤 날은 꺼이~꺼이~ 흐느끼고, 어떤 날은 엉엉 울었다. 그렇게 혼자서 몸부림치면서 불안하고 암담한 마음을 아무도 없는 캄캄한 밤하늘 아래에 쏟아놓았다. 그렇게 하다 지치면 자연스럽게 눈은 밤하늘로 향했다. 거기에는 말로 형용할 수 없는, 빛나는 은하수가 길게 펼쳐져 있곤 했다.

그 광경을 바라보노라면, 조금 전 엉엉 울었던 감정이 조금씩 누그러지면서 마음과 영혼이 정화되는 것을 느끼곤 했다. 내 곁에 아무도 없었지만, 거기엔 별이 있었다. 그때 내가 그 별들을 볼 수 없었다면 나는 어떻게 되었을까. 나는 칼라하리 사막 한 자락에서 결코 살아남지 못했을 것이다. 오랜 시간 그곳에서 살지 못했을 것이다.

앙투안 드 생텍쥐페리의 《어린왕자》에서 사하라 사막에 불시착한 주인공과 B-612라는 소행성에서 온 어린왕자는 우연히 만나 대화를 나눈다.

"그건 습관의 문제예요. 아침에 일어나서 세수하고 나면 별도 정성껏 돌봐 주어야 해요. 바오밥나무가 아주 어릴 때는 장미와 비슷하니까 신경 써서 구별해야 해요. 바오밥나무인지 잘 보고 가려 뽑아야 해요. 이건 좀 귀찮은 일이지만 한편 무척 쉬워요."

"모든 사람은 별들을 가지고 있어요."

어린왕자가 우리 모두에게 하는 말이다.

내가 가진 별이 한 개가 아니고 여러 개라니. 고마운 일깨움이다.

내가 아프리카에서 보는 별은 어린왕자가 준 선물이다. 나는 이 지구 위 은하계 어딘가에서 빛나는 나의 별로 돌아가는 날까지 열심히 내 인생을 살 것이다.

나는 올해로 만 이십삼 년째 아프리카의 한 자락에서 살고 있다. 한국을 떠난 해로부터는 삼십삼 년째다. 내가 사는 방식의 삶을 이방인, 방랑자, 유목민, 떠돌이의 삶이라고 한다.

이러한 삶의 방식 때문에 어린왕자가 말하는 바오밥나무, 장미, 여우, 화산 등의 단어들이 의미하는 바가 무엇인지 나름대로 이해하고 있다. 사막에서라도 대화를 나눌 수 있는 존재가 있고, 서로에게 길들이면 소중해지고, 마음으로 보면 더 잘 보이는 것들이 있음을.

우리는 어느 별인지에서 와 파랗고 둥근 이 지구에서 소중한 삶을 살고 있다. 그러니 잘 살아야 한다. 불행과 행복을 느끼기도 하고, 사람들과 힘을 나누기도 하고, 종종 힘들면 쉬어가면서 말이다.

아침에 일어나 창문을 열어 아침 해와 바람을 맞이하고, 세수하고, 청소하고, 반려견에게 먹이를 주고, 화분에 물을 주고, 귀찮지만 쉬운 일들을 하고… 그리고… 잠들기에는 너무 아까운…

별 보러 간다.

아프리카의 별을.

이 책을 쓰면서 첫 번째로 맞닥뜨린 난제는 '논문 쓰는 버릇 버리기'였다. 지난 몇 년간 박사과정을 공부하면서 쓴 소논문이 오십여 편이 된다. 그러다 보니 영어자료는 직역과 의역을 뒤섞고, 한국어는 한문 투가 더해진 학문적 글쓰기 버릇이 생겼다. 즉, 읽기 지루한 글을 쓰는 버릇이 생긴 것이다. 이 책을 그렇게 쓰면 독자가 다 달아날 것이다. 글을 쓰다 보면 어느새 논문을 쓰고 있으니, 못 버린 버릇이 이 책 속에 담겨 있거든 이해를 바랄 뿐이다.

다음 난제는 희망을 이야기하는 '말랑말랑한 글, 즉 가슴 따뜻한 위로와 용기의 이야기'를 써야 한다는 부분이었다. 한데 논문 투 글쓰기 버릇으로 인한 '딱딱함' 위에다 '말랑말랑'한 감성을 입히자니 젓가락처럼 딱딱하고, 젤리같은 말랑함이 바이킹을 타고 있는 듯했다. 이것을 다 고치고 좋은 글을 쓰려면 몇 년 후에나 책을 출간해야 할 판이다.

가장 큰 난제는 이 책을 관통하는 주제어가 아프리카와 장애라는 점이었다. 인생도 괴롭고 암담한데, 아프리카까지 신경 쓸 겨를도 없는 사람들에게 아프리카는 관심 밖의 이야기일 터다. 또한, 장애. 이 단어만 들어도 대다수 비장애인 독자는 외계인의 이야기를 듣는 듯할 것이다. 그게 나와 무슨 상관인데, 싶을 것이다. 고려해야 할 대상도, 관심을 가져야 할 대상도 아닌 사람의 이야기니 읽을 시간 도 없고, 마음에 안 들 수도 있다. 하지만 나는 이 주제를 뼈대로 이 야기를 펼쳐 나갔다. 대중성도 상업성도 없는 이야기를 말이다.

그런데 나는 이 세 가지 난제를 거뜬하게 풀어낼 무기도 갖고 있 다. 초졸에다 중·고등 검정고시 출신인 나는 미국으로 건너가 미국 명문대학교에서 석사를, 한국의 기독교 대학교에서 박사학위를 취 득한 경력이 있다. 그런 만큼 이제는 나의 어떤 글도 내 뒤를 잇는 후배와 이 글을 읽을 독자들에게 도움이 되리라 믿는다. 에세이든 자기계발서든 논문이든, 내 이야기를 읽어줄 독자가 있을 것이라 나는 믿는다.

또 다른 무기는 글쓰기 연습과 훈련이 남다르다는 점이다. 나는 십 대 때부터 이십 년 이상 일기를 써왔다. 게다가 이미 네 권의 책을 출간하기도 했다. 이것으로 됐다. 말랑말랑함과 딱딱함을 적절하게 조절하면 된다.

그렇다면 아프리카와 장애란 주제는 어떻게 풀어낼 것인가. 이야기 중의 최고는 사람 사는 이야기다. 나는 이 책에서 아프리카 사람들과 내가 사는 이야기에 집중했다. 우리에게 필요한 것은 한숨을 쉴 수 있는 순간, 커피를 한잔하는 시간이다. 나는 내 마음을 알아주는 사람들 사이에서 하루하루를 살아가고 있다. 책을 읽는 독자가 사람 사는 이야기에 마음을 열면 작가로서 그보다 더 고마울 일이 없다.

나는 아프리카 케냐에서 희망 사업을 하고 있다. 내가 하는 일은 사람들에게서 희망을 끌어내고, 불러일으키는 일이다. 내가 사는 곳에서 나와 함께 사는 사람들과 하는 다양한 일이 희망 사업이다. 희망 사업의 방식은 다양하다. 내가 직접 하는 일은 저술, 방송, 강연, 모금, 프로그램 개발, 지역과 문화 연구 등 다양하다. 간접적으로 하는 일은 다른 사람들이 하게 하는 것이다. 자원봉사자를 발굴해 일하게 하고, 이 일에 동참하도록 한국을 비롯한 다양한 국가에서 사람들을 동원하는 일 등을 한다. 또한, 다양한 기관과 연대해 희망 사업에 시너지가 일어나도록 한다. 희망 사업은 전문 분야로는 국제개발과 사회복지 사업이 있고, 밀알복지재단의 직원으로서는 '작은 거인 김해영'의 재능과 지식과 경험을 사용하고 있다. 장애인인 나를 포함해 이 세상 그 어딘가에 늘 존재하는 사회적 약자와 취약계층을 위한 옹호, 개발, 지원, 연대 및 협력을 끌어내는 사업이 그것이다.

올해 케냐의 희망 사업은 토머스와 알렉시스 두 자원봉사자가 공립학교 교사들을 대상으로 멘토링 교육을 실시한 것이다. 이 사업은 케냐타 대학Kenyatta University의 닥터 딩가 교수님의 현지 지원으로 이루어지는 협력 사업이다. 각 지방 소도시에 있는 공립학교와 연계한 지역개발 교육프로그램으로 운영 중이다. 심리상담 분야의 지식과 상담 기술을 현지의 사정과 교사들의 이해도에 맞게 재구성해 가장 실용적인 방식으로 접근해 가르치고 있기도 하다. 이 사업이 매년 진행될 것이라 기대하고 있다.

밀알복지재단에는 '장애인권익기금'이 있다. 손봉호 교수님이 아프리카의 장애인을 위해 기금을 마련해주었고, 재단은 이 기금을 활용해 장애인 권익 향상을 위한 사업을 하고 있다. 나는 이 기금을 운용하는 위원회 위원으로 위촉되어 활동하고 있다. 내가 아프리카에 살면서 하는 일 덕분에 누군가가 한 끼를 더 먹을 수 있다면 고마운 일이고, 누군가가 병원에 한 번 더 가게 된다면 다행한 일이다. 그 누군가 중 한 아이가 먹고, 물을 마시고, 치료받고, 교육을 받아 잘 성장해서 또 다른 사람들에게 희망을 전하게 되길 바란다.

내가 겪은 캄캄한 밤으로 인해

누군가가 빛을 보게 된다니.

사람으로 오길 잘했다.

그 많은 시절의 어려움을 잘 견디고,

아프리카에서 사는 해영이에게 말해주고 싶다.

'잘했어. 자, 이제 또 다른 해영이를 찾아보자'라고.

참 고 도 서

- 김지수, 이어령, 《이어령의 마지막 수업》, 열림원, 2021

- 노자, 《도덕경》, 오강남(옮긴이), 현암사, 1995

- 베르나르 베르베르, 《베르나르 베르베르의 상상력 사전》, 임호경/이세욱(옮긴이), 열린책들, 2012

- 앙투안 드 생텍쥐페리, 《어린왕자》, 베스트트랜스(옮긴이), 더클래식, 2021

- 오소희, 《하쿠나 마타타, 우리 같이 춤출래》, 북하우스, 2008

- 카렌 블릭센, 《아웃 오브 아프리카》, 민승남(옮긴이), 열린책들, 2009

- 폴 서루, 《아프리카 방랑》, 강주헌(옮긴이), 작가정신, 2009

잠시, 쉬었다 가도 괜찮아

1판 1쇄 발행 2022년 12월 5일 | **1판 2쇄 발행** 2023년 4월 5일

지은이 김해영

발행인 신수경
책임편집 신수경
사진 김도형 | **디자인** 디자인 봄에
마케팅 용상철 | **종이** 아이피피 | **제작** 도담프린팅
발행처 드림셀러
출판등록 2021년 6월 2일(제2021-000048호)
주소 서울 관악구 남부순환로 1808, 615호 (우편번호 08787)
전화 02-878-6661 | **팩스** 0303-3444-6665
이메일 dreamseller73@naver.com | **인스타그램** dreamseller_book
블로그 blog.naver.com/dreamseller73

ISBN 979-11-976766-9-7 (03810)

※ **드림셀러는 당신의 꿈을 응원합니다.**
　드림셀러는 여러분의 원고 투고와 책에 대한 아이디어를 기다립니다.
　주저하지 마시고 언제든지 이메일(dreamseller73@naver.com)로 보내주세요.